오이디푸스 이야기

일러두기
- 이 책은 Sophocles, 『*The Oedipus Trilogy*』(Project Gutenberg, 2008)를 참고했습니다.

Oedipus Story

오이디푸스 이야기

소포클래스 지음

림

소포클레스

소포클레스 흉상. 기원전 4세기경 그리스 원본 작품을 복제한 로마 시대 작품.

디오니소스 축제

2세기 말 로마 시대 극장의 상설 무대장치 중 띠 모양 조각. 그리스어로 디오니시아(Dionysia)라고 부르는 디오니소스 축제는 봄이 오는 것을 축하한 대행사로, 이때 비극 경연이 중요한 몫을 차지했다. 이 경연에서 소포클레스는 선배 작가인 아이스킬로스(Aeschylus)를 이기고 유명해졌으며, 최소 20회 이상 우승을 차지했다고 한다. 3대 그리스 비극 작가로는 흔히 아이스킬로스, 소포클레스, 에우리피데스(Euripides)를 꼽는다. 아이스킬로스가 그리스 비극의 기본 법칙을 확립했고, 소포클레스는 이것을 혁신·완성했으며, 에우리피데스는 거기에 보편성과 사실성을 더했다고 평가받는다.

로마 시대 아테네 디오니소스 극장의 복원도

독일 작가 요제프 퀴르슈너가 1891년 편집한 『피러스 백과사전(*Pierers Konversationslexikon*)』에 실린 삽화. 아테네 디오니소스 극장에서는 디오니소스 축제 동안 비극 경연이 펼쳐졌다. 고대 그리스에서 비극 공연은 단순한 여흥이나 볼거리가 아니라 신성하고 거룩한 공간에서 펼쳐지는 도시국가의 집단 의식(儀式)이었다. 여기에서는 아테네인의 삶과 밀접한 사회적 · 정치적 문젯거리와 생각이 연극 공연이라는 형태로 표출되었다. 즉 비극 공연은 그리스 신화 이야기를 빌려서 당시 그리스 사회의 중요한 문제들을 토론하는 자리였다.

비극 가면과 희극 가면

2세기 로마 시대 건축물 빌라 아드리아나(Villa Adriana)에 장식된 모자이크. 아이스킬로스는 삼부작 형식을 도입하고, 한 명이던 배우 수를 두 명으로 늘려 더 극적으로 갈등을 표현하고, 무대 장식을 사용하고, 가면 · 가발 · 신발 등을 창안했다. 소포클레스는 여기에서 더 나아가 삼부작 형식을 폐지하고 합창단을 축소하는 대신 등장인물의 비중을 높여 극의 단순성을 극복했으며, 배우 수를 두 명에서 세 명으로 늘려 대립 · 갈등하는 인물들의 성격을 한층 치밀한 구성과 섬세한 대화를 통해 표현해냄으로써 그리스 비극에 혁신을 가져왔다.

「아테네 아크로폴리스와 아레이오스파고스의 재건」 Reconstruction of the Acropolis and Areus
Pagus in Athens」

독일 조각가이자 화가 레오 폰 클렌체의 1846년 작품. 소포클레스가 활동한 기원전 5세기는 '페리클레스
(Perikles) 시대'라고 불리는 아테네의 황금시대였다. 당시 아테네 지도자로서 아테네 민주주의의 절정기
를 이끈 페리클레스는 문학과 철학, 건축과 예술을 적극 장려하여 아테네는 그리스 세계의 문화 중심지가
되었다. 특히 파르테논 신전을 비롯한 아크로폴리스의 주요 건축물을 재건했다. 이에 따라 그리스 비극도
전성기를 맞아 소포클레스를 비롯한 뛰어난 작가들이 대거 등장했다.

영화 〈오이디푸스 왕〉과 오페라 〈오이디푸스 왕〉

이탈리아 영화감독 피에르 파솔리니가 1967년 제작한 영화 〈오이디푸스 왕〉 포스터와 러시아 작곡가 이고르 스트라빈스키가 1927년 작곡한 오페라 〈오이디푸스 왕〉의 1997년 캐나다오페라심포니 공연 장면. 기원전 4세기 아리스토텔레스는 『시학(De Poetica)』에서 소포클레스의 「오이디푸스 왕」을 희곡의 모범이 되는 작품이라고 평가했으며, 오늘날의 비평가 대부분도 이 의견에 동의한다. 이러한 평가에 걸맞게 이 작품은 지금까지 문학, 그림, 음악, 영화, 텔레비전 드라마 등 다양한 장르로 무수히 다시 만들어졌다.

오이디푸스 콤플렉스

지그문트 프로이트(Sigmund Freud)가 16세 때인 1872년 어머니와 함께 찍은 사진. 소포클레스의 작품들은 19세기 프랑스 파리와 오스트리아 빈에서 공연되어, 1880년대와 1890년대에 큰 성공을 거두었다. 오스트리아 정신분석학자 지그문트 프로이트도 그 공연을 보았다. 프로이트는 1899년 출간한 저서 『꿈의 해석(Die Traumdeutung)』에서, 아버지를 살해하고 어머니와 결혼한 '오이디푸스 이야기'에 기초하여, 오이디푸스적 욕망은 인간에게 보편적인 심리 현상이며 많은 무의식적 죄의식이 거기에서 유래한다고 주장했다. 이처럼 아이가 어머니를 독차지하려거나, 아버지를 경쟁자로 보고 콤플렉스를 느끼며 증오하는 심리를 가리켜 '오이디푸스 콤플렉스(Oedipus complex)'라고 부른다.

오이디푸스 이야기 **차례**

오이디푸스 왕

테베의 왕 라이오스는 자신과 왕비 이오카스테 사이에 자식이 없는 것이 걱정이었다.

　자식을 간절히 원한 라이오스 왕은 신전으로 찾아가 신탁(神託)을 들었다. 그러나 사제는 왕에게 불길한 예언을 했다. 만일 왕비가 아들을 낳는다면 장차 그 아이가 자라나서 자신의 목숨을 해치고 그 자리를 차지하리라는 예언이었다.

　얼마 뒤 왕비 이오카스테는 임신을 하여 아들을 낳았다. 고민에 휩싸인 왕은 결국 아들을 죽이기로 결심했다. 그러나 차마 자기 손으로 아들을 죽일 수 없어, 아이의 발목에 구멍을 뚫고 가죽 끈으로 묶어 못질을 한 다음 목동들의 우두머리를 시켜 키타이론 산으로 데려가 적당히 죽여버리라고 명령했다. 그러나 마음 약한 양치기도 아이를 끝내 죽이지 못했다. 그는 아이를 코린토스에서 온 양치기들에게 넘겨주었고, 그들 중 우두머리가 아이를 자기네 왕인 폴리보스에게 바쳤다.

폴리보스 왕은 아이의 용모가 뛰어난 것을 보고 양자로 삼았다. 발견 당시 발이 묶인 채 퉁퉁 부어 있었기에 왕은 아이의 이름을 오이디푸스라고 지어주었다. 오이디푸스란 고대 그리스어로 '퉁퉁 부은 발'이라는 뜻이다. 이렇게 하여 오이디푸스는 코린토스의 왕자로 성장했다.

어느 날 오이디푸스는 델포이 신전을 찾아갔다가 무서운 신탁을 들었다. 자신이 아버지를 죽이고 어머니와 결혼할 운명이라는 예언이었다. 폴리보스를 친아버지로, 왕비 메로페를 친어머니로 알고 있던 오이디푸스는 자신의 앞길에 놓인 가혹한 운명을 피하기로 결심하고 코린토스를 떠났다.

이륜마차를 타고 길을 가던 오이디푸스는 포키스라는 고장의 어느 비좁은 삼거리 길에서 마주 오던 또 다른 이륜마차와 마주쳤다. 그 마차에는 델포이로 가던 테베의 왕 라이오스가 타고 있었다. 라이오스 왕의 시종이 길을 비키라고 명령하자 자존심이 강했던 오이디푸스는 단호히 거절하고 상대편에게 먼저 길을 비키라고 요구했다. 그러자 라이오스 왕의 시종이 오이디푸스의 말 한 마리를 죽였다. 이에 격분한 오이디푸스는 라이오스 왕과 시종을 죽이고 말았다. 오이디푸스는 자신도 모르는 채 친아버지를 죽인 아들이 되어버렸다. 신탁의 예언이 적중한 것이다. 그 일이 있은 후 계속 길을 가던 오이디푸스는 테베에 도착했다. 당시 테베에는 커다란 근심거리가 있었다. 바로 스핑크스라는 괴물 때문이었다. 사자의 몸과 독수리 날개에 여자의 얼굴을 하고 있는 이 괴물은 길 한복판 바위 위에 웅크리고 앉아 지나가는 사람을 붙잡고 수수께끼를 냈다. 그 수수께끼를 풀면 무사히 보내주었지만 풀지 못하면 죽여버렸다. 만일 누군가가 수수께끼를 풀면 스핑크스는 바위에서 뛰어내려 자살하게 되어 있었다. 괴물이 지금까지 버젓이 살아남아 사람들에게 질문을 던지고 있다는 것은 아직 수수께끼를 푼 사람이 하나도 없었다는 뜻이다. 따라서 스핑크스를 만난다는 것은 곧 죽음을 뜻했다. 괴물 주변에는 수수께끼를 풀지 못해 죽은 시체들이 그득 쌓여 있었다.

이 이야기를 들은 오이디푸스는 조금도 겁먹지 않고 스핑크스와 대결하러 갔다. 자신을 찾아온 오이디푸스를 보자 괴물이 물었다.

"아침에는 네 발, 낮에는 두 발, 저녁에는 세 발로 걷는 동물이 무엇이냐?"

그러자 오이디푸스가 대답했다.

"사람이다. 갓난아기 때는 두 손과 두 무릎으로 기어 다니니 네 발이고, 자라서는 두 발로 걸어 다니니 두 발이고, 늙어서는 지팡이를 짚고 다니니 세 발이다."

그 대답을 들은 스핑크스는 바위 위에서 몸을 던져 목숨을 끊었다. 오이디푸스가 괴물을 물리쳤다는 소식을 들은 테베의 백성들은 환호했고, 그를 왕으로 모셨다. 오이디푸스는 과부가 된 이오카스테 왕비를 아내로 맞이하고 왕국을 다스리기 시작했다. 신탁의 예언대로 그는 자기 아버지를 살해하고 자기 어머니를 아내로 삼은 것이다.

오이디푸스는 왕국을 잘 다스렸다. 그는 정의로운 왕이어서 사람들의 칭송이 자자했다. 그와 왕비 사이에는 두 아들과 두 딸까지 생겼다.

그런데 언제부터인가 테베에 원인 모를 전염병이 돌기 시작했고, 그러자 민심이 술렁이기 시작했다.

어느 날 제우스 신전의 제사장이 백성들과 함께 탄원의 나뭇가지들을 들고 오이디푸스 왕에게 알현을 청했다. 그들 앞으로 나온 왕이 제사장과 백성들에게 말했다.

"테베의 시조인 카드모스의 후손들아! 무엇 때문에 이렇게 올리브 가지를 손에 들고 내 앞에 와서 애원하고 있는 것인가? 온 도시에 기도 소리, 신음 소리가 그치지 않는 이유가 도대체 무엇인가? 내 이미 이런저런 이야기를 들었지만 그대들의 입을 통해 직접 듣기 위해 이 자리에 나왔다. 그러니 어서 말해보도록 하라."

이어서 왕은 제사장을 향해 말했다.

"그대가 이들의 대표니, 그대 말을 들어보겠다. 그대들에게 무슨 두려운 일이 생겼는가? 뭔가 내게 원하는 게 있는가? 내 어떤 청이라도 들어주겠네. 나는 그대들의 애원에 고개를 돌려버릴 매정한 사람이 아니야."

왕의 말에 제사장이 답했다.

"우리의 왕이시여, 저희는 모두 한마음으로 이곳에 왔습니다. 왕께서도 아시다시피 지금 온 도시가 재앙에 휩싸여 있습니다. 백성들뿐 아니라 산천초목마저 전염병의 불길에 휩싸여 폐허가 되어가고 있습니다. 온통 어두운 지옥의 도시가 되어 탄식과 눈물이 뒤덮고 있습니다.

왕께서는 비록 신은 아니시지만, 저희는 왕을 신과 같은 지혜를 가지신 분이라고 믿습니다. 왕께서는 일찍이 저 잔인한 스핑크스의 노래로부터 저희를 해방시켜주시고 저희의 왕이 되셨습니다. 왕께서는 오로지 신의 도움으로 저희를 살려주신 것이라고 저희는 믿습니다.

비길 데 없이 위대하신 오이디푸스 왕이시여, 저희에게 또다시 구원의 손길을 내려주십시오. 왕의 놀라운 지혜와 신의 도움으로 저희를 이 재앙에서 구해주십시오. 그리하여 우리 도시를 굳건히 해주십시오. 왕께서 다스리시는 이 나라가 사람이 죽고 없는 황폐한 곳이 아니라 사람들이 사는 곳이 되게 해주십시오.”

“아, 우리 가엾은 백성들! 내 어찌 그대들이 겪고 있는 고통을 모르겠는가? 그러나 그대들의 고통보다 내 고통이 더 크다는 것을 그대들은 알아야 한다. 그대들의 슬픔은 그대들 한 몸에 그치지만 나는 나뿐 아니라 이 나라 전체의 슬픔을 내 한 몸으로 감당하고 있기 때문이다.

그대들이 이렇게 탄원하기 전에 나는 이미 수많은 눈물을 흘렸고 온갖 궁리에 단 한시도 편한 적이 없었다. 그대들 말대로 나는 이미 신의 도움을 받기로 했으며 그것이 나의 유일한 희망이다. 벌써 처남 크레온을 델포이 신전에 보내 아폴론 신의 말씀을 듣고 오라 일렀다. 내가 어찌해야 이 나라를 구할 수 있는지 알아오라고. 오늘이 바로 그가 돌아올 날이다. 그런데 어찌하여 그는 아직 오지 않는지……. 그가 돌아와 신의 말씀을 전하면 내 반드시 그대로 따를 것이다."

오이디푸스 왕이 말을 마쳤을 때, 전령이 들어와 왕의 처남 크레온이 도착했음을 알렸다. 잠시 후 크레온이 환한 얼굴로 월계관을 쓴 채 왕궁으로 들어왔다. 그의 얼굴이 밝은 것을 보고 왕은 좋은 소식을 가져온 것이라 믿고 그를 반가이 맞았다.

"오, 처남. 어서 오게. 그래, 신께 무슨 말씀을 받아왔는가?"

그러자 크레온이 활기찬 목소리로 대답했다.

"반가운 소식입니다. 우리가 아무리 어려운 재앙을 겪고 있더라도 이겨낼 방법이 생겼습니다."

"어서 말해보게. 신께서 우리를 재앙에서 구해주신다는 건가, 아니면 우리 스스로 이겨나가야 한다는 건가? 신의 말씀은 어떤 쪽인가? 그 말만으로는 두려움이 가시지 않는군. 그대의 이야기를 들은 후에야 안심이 되겠어."

그러자 크레온이 제사장과 백성들을 바라보며 그들이 있는 곳에서 말해도 좋으냐고 왕에게 물었다. 왕은 자신의 근심이 곧 그들의 근심이며, 자신이 궁금해하는 것은 그들도 궁금해한다며 그 자리에서 말하라고 했다.

"그렇다면 신의 말씀을 그대로 전하겠습니다. 바로 이 땅에서 벌어진 더러운 일을 씻어버려야 우리 모두 재앙에서 벗어날 수 있다는 것이 아폴론 신의 분부십니다."

"그래? 그렇다면 어떤 더러운 죄를 말하는 것인가? 그걸 어떻게 씻어버리고 속죄하라는 건가?"

"단 한 사람의 속죄로 충분하답니다. 그 사람을 쫓아내거나 그 사람의 피로 속죄하면 된답니다. 그 사람의 더러운 피로 이 나라가 더럽혀져 이렇게 재앙에 빠진 거랍니다."

오이디푸스가 크레온에게 어서 그 사람 이름을 말해보라고 하자 크레온이 옛날이야기를 꺼냈다.

"왕께서 이 나라를 다스리기 전에 이 나라의 통치자가 라이오스 왕이셨음은 알고 계시지요?"

"잘 알고 있지. 하지만 그분을 뵌 적은 없네. 내가 이곳에 왔을 때 그분은 이미 안 계셨으니까."

"그분이 죽임을 당하신 것도 알고 계신지요? 신의 분부는 단호합니다. 라이오스 왕을 죽인 자를 밝혀내어 그 죄를 물으라는 것입니다."

"아니, 신께서 그렇게 분부하셨다고? 이 넓은 세상에서 어떻게 그자를 찾는단 말인가? 더욱이 이미 오래전 일 아닌가? 범

죄 흔적은 진작 사라지고 없을 텐데?"

"신께서는 분명히 말씀하셨습니다. 그자가 이 땅에 있다고, 찾으려 하면 찾을 것이고, 찾으려 하지 않으면 못 찾을 것이라고 하셨습니다."

"그렇다면 분명 찾을 수 있을 거네. 내게는 그자를 찾겠다는 의지가 확고하니까. 자, 그럼 묻겠네. 라이오스 왕은 궁 안에서 죽음을 당하셨나? 아니면 우리나라의 들판에서 당하셨나? 그도 아니라면 딴 나라에서 변을 당하셨나?"

"라이오스 왕께서는 신의 말씀을 들으려고 신전을 향해 떠나신 후 다시는 돌아오지 않으셨습니다."

"아니, 그런 일을 겪고도 아무 조사 없이 그냥 넘어갔다는 건가? 왕을 수행했던 자들 중에 살아 돌아온 자가 없었나?"

"단 한 명이 도망쳐 왔는데 겁에 질려 있었습니다. 그는 도둑들이 여러 명 나타나서 왕과 시종을 살해했다는 말만 했습니다. 그런데 그 사건 이후 우리나라에 어지러운 일들이 계속 일어나서 아무도 그 원수를 갚겠다고 나설 겨를이 없었습니다."

"아니, 세상에 왕이 그런 변을 당했는데 그보다 더 어지러운 일이 어디 있단 말인가?"

"바로 스핑크스 때문이었습니다. 스핑크스로 인해 눈앞에서 많은 사람들이 죽어가는 상황이어서 어두운 과거는 덮어둘 수밖에 없었습니다."

크레온의 말을 듣고 오이디푸스 왕은 앞에 앉아 있는 탄원자들을 향해 큰 소리로 말했다.

"자, 이제 새로 시작이다. 어두운 과거를 내 반드시 밝혀놓을 것이다. 처남 수고 많았네. 아폴론께서 돌아가신 분을 위해 이토록 마음을 써주신다니, 나도 이 나라를 위해, 또한 아폴론 신을 위해 그대들과 힘을 합치겠다. 자, 우리 다 함께 돌아가신 왕의 원수를 갚도록 하자. 나라를 위해서뿐 아니라 나 자신을 위해서라도 나는 이 더러운 피를 반드시 씻어낼 것이다. 그자를 그냥 내버려두면 언젠가 내게 반역의 칼날을 향할지도 모른다. 돌아가신 왕을 위하는 것이 곧 나를 위하는 것이니 범인을 밝히는 데 온 힘을 다 쏟겠다.

자, 일어나 그 탄원의 나뭇가지들을 들고 물러가도록 하라. 곧 내가 무슨 일이든 다 하리라는 포고를 내리겠다. 신의 도움으로 우리는 반드시 성공할 것이다. 만일 그러지 못한다면 우리 앞에는 멸망만이 있을 뿐이다."

제사장이 일어나 왕을 칭송하며 탄원자들과 함께 물러가자 왕은 크레온과 함께 궁 안으로 들어갔다.

얼마 후 오이디푸스 왕은 포고령을 내렸다.

테베 백성들에게 고한다.
그대들의 간절한 기도에 아폴론 신이 답을 주셨다. 나는
여태껏 그런 사건이 있었다는 사실을 몰랐다. 내가 테베
시민이 되기 전에 벌어진 일이었기 때문이다. 이제 사실
을 안 이상 아래와 같이 포고한다.
너희 중 누구든 라이오스 왕을 시해한 자를 알고 있다면
즉시 알려라. 또 스스로 죄를 짓고 두려움에 떨고 있다면
당장 자수하라. 오로지 추방의 벌만 내릴 뿐 더 이상의
중형은 가하지 않겠다.

범인이 누군지 알아서 그자의 정체를 알려주면 큰 상을 내릴 것이다. 그러나 만일 범인을 알면서도 내 말을 거역하고 감춘다면, 어떤 처벌을 받을지 나중에 보고 깜짝 놀랄 것이다. 살인범이 누구든 내가 다스리는 이 왕국에서는 아무도 그자의 정체를 숨길 수 없다. 아무도 그자와 사귈 수 없다. 그자와 함께 기도할 수도, 제사를 지낼 수도, 참회할 수도 없다. 델포이의 아폴론 신 말씀대로 그자는 더러운 자이므로 백성들은 그자를 집밖으로 내쫓아야만 한다.

그 저주스러운 살해범이 한 명이건 여럿이건 범인에게는 평생 치욕스러운 낙인이 찍힐 것이다. 또한 그자가 범인일 줄 알면서도 자기 집에 들인 자가 있다면 그 또한 똑같은 낙인이 찍힐 것이다.

테베의 시민들아! 그대들은 나와 신을 위해, 또 무섭도록 황폐해진 이 나라를 위해 나의 명령을 충실히 따르도록 하라. 그토록 고귀한 왕이 살해당한 사건이니, 설사 신의 특별한 명령이 없었다 할지라도, 이 추악한 범죄를 그대로 덮어둘 수는 없다. 기필코 범인을 찾아내야만 한다.

나는 그분의 왕위와 부인을 물려받았다. 더욱이 그분은

자식이 없다. 이제 나는 친아버지를 위해 싸우듯이 그분을 위해 싸울 것이다. 내 명령에 복종하지 않는 자들은 신들의 저주를 받을 것이다. 그런 자들은 이 땅 위에서 곡식을 거두지 못할 것이고, 여자라면 아이를 못 낳을 것이며, 지금 우리가 겪고 있는 재앙보다 더 큰 재앙을 맞아 죽을 것이다.

하지만 그대들은 내게 충성을 다하는 카드모스의 후손들이다. 정의의 신을 비롯해 모든 신들께서 그대들과 영원히 함께하시기를 진심으로 축원한다.

오이디푸스 왕이 포고령을 내렸으나 여러 날이 흐르도록 아무런 성과가 없었다. 왕은 초조했다. 그 모습을 곁에서 지켜보던 시종장이 왕에게 말했다.

"왕께서 그렇게 엄명을 내리시고 저주까지 내리셨는데 아직 아무도 알리는 자가 없습니다. 제가 보기로는 아폴론 신께서 직접 그 살인범을 알려주셨어야 했습니다."

"그대 말이 옳다. 하지만 인간의 힘으로 어떻게 신의 입을 열게 할 수 있단 말이냐?"

"아폴론 신의 입을 열게 할 수는 없지만 방법이 있습니다."

"그렇다면 주저하지 말고 어서 말해보라."

"아폴론 신과 가장 가까운 예언자의 입을 빌리는 것입니다. 눈먼 예언자 테이레시아스가 아폴론 신을 가장 가까이서 모시는 사람입니다. 어째서 그를 불러오지 않으시는 것입니까?"

"내가 그 생각을 하지 않았겠느냐? 벌써 크레온을 시켜 두 번이나 불렀다. 그가 왜 아직 오지 않는지 나도 궁금하다."

"왕께서 두 번이나 부르셨다면 반드시 올 것입니다. 그런데 전하, 전하께서는 소문을 못 들으셨는지요?"

"소문이라니? 무슨 소문 말이냐?"

"선왕께서는 길에서 만난 나그네 손에 그만 돌아가셨다고 합니다."

"아, 그 소문이라면 들은 적이 있다. 하지만 아직 그 광경을 직접 목격한 자는 만나지 못했어."

"예언자가 오면 그자가 누구인지 알 수 있을 것입니다."

그때 어린 시동이 눈먼 예언자 테이레시아스를 데리고 들어왔다. 그를 보자 시종장이 말했다.

"아, 저기 예언자가 오고 있습니다. 저 사람만이 그자의 정체를 밝힐 수 있을 겁니다. 그는 신의 영감을 받은 사람으로, 그 안에 진리가 살고 있는 사람입니다."

테이레시아스를 본 오이디푸스가 반갑게 맞이하며 말했다.

"어서 오시오, 만물에 통달한 위대한 예언자 테이레시아스! 그대만이 왜 이런 재앙이 이 땅을 뒤덮고 있는지 알 수 있을 테니, 그대야말로 우리를 이 재앙으로부터 건져줄 유일한 구원자요. 그대도 이미 들어서 알고 있을 거요. 우리가 아폴론 신께 간청하여 답을 듣고 왔소. 이 재앙을 면하는 유일한 길은 라이오스 왕을 살해한 자를 찾아내어 처형하는 것이라고 신께서는 말씀하셨소. 그러니 현명한 테이레시아스, 우리 모두를 위해 그리고 그대를 위해 진실을 말해주오. 우리의 운명은 오로지 그대에게만 달렸으니, 힘을 다해 우리를 도와주시오. 남을 돕는 것이 이 세상에서 가장 고귀한 일 아니겠소?"

그러자 테이레시아스가 탄식하며 말했다.

"아, 안다는 건 얼마나 괴로운 일인가? 더욱이 그것이 아무 쓸모가 없다는 사실을 알고 있을 때는! 알면서도 잊고 있었던 그 일을 다시 떠올려야 한단 말인가! 차라리 이곳에 오지 말 것을!"

오이디푸스는 예상하지 못했던 테이레시아스의 탄식에 놀라서 다시 물었다.

"그대 무슨 소리를 하고 있는 거요? 왜 그렇게 근심스러운 표정을 짓는 거요?"

그러자 테이레시아스가 말했다.

"왕이시여, 저를 이대로 돌려보내주십시오. 왕께서는 왕의 운명을 그대로 지고 가시고 저는 제 운명을 스스로 감당하는 것이 최선의 길입니다."

"예언자여, 알고 있으면서 답하지 않는 것은 옳지 못한 일이오. 그것은 그대를 키워낸 조국에 대한 충성과는 거리가 먼 일이오. 모두가 애원하고 있으니 제발 진실을 말해주시오."

"제발 저를 독촉하지 말아주십시오. 마치 왕께서 실수했듯이 제가 실수를 범할까 두렵습니다. 모두들 아무것도 모르고 있습니다. 저는 이대로 덮어두렵니다. 왕의 비밀까지도."

그러자 오이디푸스는 노여움에 휩싸여 외쳤다.

"내 그대를 현자로서 대접해주었거늘 도대체 무슨 소리를 하고 있는 건가? 뭐야? 알고 있으면서도 말하지 않겠다고? 우리 모두를 배신할 셈인가? 이 나라를 망치겠다는 건가?"

"저는 이 나라에도, 왕께도 해를 끼치고 싶은 생각이 추호도 없습니다. 저 자신에게도 해를 끼치고 싶지 않습니다. 그래서 말을 않겠다는 겁니다. 알아봤자 득 될 것이 없는 진실을 왜 자꾸 말하라 하시는 겁니까?"

마침내 오이디푸스의 분노가 폭발했다.

"이 괘씸한 놈! 내가 설사 돌이었더라도 너를 보면 화를 낼 것이다. 정말로 말을 않겠느냐?"

테이레시아스도 난감함을 넘어서서 부아가 치밀었다. 그가 외쳤다.

"왕께서는 자신이 속에 품고 있는 게 뭔지도 모르면서 저를 나무라기만 하시는군요. 제가 말하지 않더라도 올 것은 오고 맙니다. 화가 나신다면 얼마든지 터뜨리십시오."

"이놈이 점점 모를 소리만 하는군. 알고 보니 다 네놈이 꾸민 짓이었구나. 네놈이 장님이니 직접 저지르지는 못하고 남들을 시켜서 저지른 짓이었구나."

"정말 그렇게까지 말씀하시겠습니까? 그렇다면 진실을 말씀 드리지요. 이제 왕께서는 스스로 포고문에서 밝힌 대로 그 누구와도 말할 수 없게 되실 것입니다. 이 나라가 부정을 타고 있는 건 바로 왕 당신 때문입니다."

테이레시아스의 말에 오이디푸스는 불같이 노했다.

"이 더러운 놈! 무슨 모략을 꾸미는 거냐? 그러고도 무사할 줄 아느냐?"

"무사하고말고요. 진실이 저를 지켜줄 테니까요."

"도대체 그런 모략은 누구한테서 배웠느냐? 본래 가진 재주는 아닐 테고."

"바로 당신 아닙니까? 싫다는 사람을 억지로 말하게 만든 바로 당신 아닙니까?"

"무슨 말을 하게 했다는 거냐? 어디 다시 한 번 말해봐라."

"이왕 저지른 일이니 다시 말씀드리지요. 똑똑히 들으십시오. 당신이 찾고 있는 살인자가 바로 당신 자신이란 말입니다."

오이디푸스는 얼굴이 새하얗게 질린 채 을러댔다.

"이놈, 어디서 두 번씩이나 새빨간 거짓말을! 정말 후회하게 해줄까?"

그러자 테이레시아스가 지지 않고 내뱉었다.

"그뿐인 줄 아십니까? 당신은 가장 가까운 핏줄과 부끄럽기 짝이 없는 인연을 맺고 살고 있단 말입니다. 모르시겠습니까?"

"열린 주둥이라고 함부로 말하지 마라. 그런 소리를 하고도 무사할 줄 아느냐?"

"물론이지요. 진리의 힘이 저를 지켜줄 테니까요."

"이 귀도 마음도 눈도 어두운 놈아! 진리의 힘은 너 같은 놈 편을 들지 않아!"

"불쌍한 사람! 이제 머지않아 온 세상 사람들이 당신을 향해 그런 욕을 하게 되리란 것도 모르고!"

"이 암흑 속에 사는 놈아! 도대체 무슨 수작을 부리는 거냐? 크레온의 사주를 받은 거냐, 아니면 네 스스로 저지른 짓이냐?"

"저는 아폴론 신의 명령이 아니면 듣지 않습니다. 더욱이 이 일은 크레온과는 아무 상관도 없습니다. 당신 자신이 바로 당신의 원수일 뿐입니다."

이 상황을 도무지 이해할 수 없는 오이디푸스가 길게 탄식했다.

"아, 부여, 권세여! 도대체 너희가 무엇이란 말이냐? 너희를 따라다니는 질투심은 얼마나 끈질기단 말이냐! 내가 언제 이 나라의 왕관을 바란 적이 있었느냐? 바로 너희가 직접 씌워준 것 아니더냐? 내 다정한 친구 크레온이 그 왕관에 눈이 멀었구나! 그가 이 사기꾼 예언자를 선동해 일을 벌였구나.

말해봐라! 네가 언제 참다운 예언자 노릇을 한 적이 있었는지! 저 요사한 노래를 부르던 스핑크스가 사람들을 죽였을 때 너는 어디에 있었느냐? 네가 그때 이 나라를 위해 한 게 무엇이냐? 예언자의 힘으로 수수께끼를 풀어야 했던 네놈은 왜 아무 대답도 하지 않았던 거냐? 네가 모시는 신께서 답을 알려주시지 않더냐? 네놈이 사리사욕만 챙기는 거짓 예언자임을 만천하에 보여주고 있지 않으냐?

그런데 예언자도 아니고 무식하기만 한 내가, 바로 이 오이디푸스가 타고난 지혜로 그 수수께끼를 풀었다. 그런 나를, 아무 죄도 없는 나를 네가 권력과 빌붙어서 몰아내려 하고 있구나. 네놈도, 너와 작당한 일당도 멀쩡한 사람 잡으려다가 큰 봉변을 당할 것이다. 네놈이 늙어서 다행으로 알아라. 젊었다면 어떤 벌을 받았을지 너도 충분히 알 것이다."

그러자 곁에 있던 시종장이 나섰다.

"전하, 두 분 모두 격해서 마음에 없는 말씀을 하고 계십니다. 하지만 지금은 입씨름을 하실 때가 아닙니다. 어떻게 하면 신의 말씀을 제대로 받들 수 있을지 머리를 맞대야 할 때입니다."

그러자 테이레시아스가 다시 입을 열었다.

"거듭 말씀드리지만 제가 섬기는 분은 아폴론 신이지 이 나라의 왕이 아닙니다. 크레온과 얽힐 일은 더욱이 없습니다. 왕께서는 제 눈이 먼 것을 조롱하셨지요? 그렇다면 말씀드리지요. 두 눈을 시퍼렇게 뜨고 계신 왕께서는 어찌하여 자신이 얼마나 비참한 처지에 빠져 있는지 못 보시는 겁니까? 지금 자신이 어디에 있는지 모르십니까? 지금 누구와 함께 살고 계신지 모르십니까? 자신이 누구의 핏줄인지 아십니까? 알고 있다고 말씀하시겠지요. 아닙니다. 모르고 계십니다.

그러면서도 당신은 돌아가신 분께 죄를 지었고 살아 계신 분께 죄를 짓고 있습니다. 그 두 분은 양날의 칼날이 되어 당신을 이 나라 밖으로 쫓겨나게 만들 것입니다. 그때가 되면 당신의 그 밝은 눈도 끝없는 어둠 속을 헤매게 될 것입니다. 그때가 되면 당신은 자신이 얼마나 비참한 존재인지, 자신이 누구인지, 자신을 아버지라고 부르는 아이들이 과연 누구인지 알게 될 것입니다.

자, 크레온과 저를 실컷 비난하고 욕하십시오. 하지만 사람들 중에 당신만큼 더러운 욕을 먹을 사람은 없을 것입니다."

오이디푸스가 참지 못하고 소리쳤다.

"어디서 그런 미친 소리를! 이놈! 어서 썩 꺼지지 못해! 다시는 이곳에 얼씬거릴 생각 마라!"

"누가 오고 싶어서 왔습니까? 억지로 불러서 왔을 뿐입니다."

"네놈을 누가 현명하다고 했더냐? 이런 형편없는 바보천치 놈을!"

"저를 누가 현명하다고 했느냐고요? 당신을 낳으신 부모님께서 그러셨지요."

"뭐라고? 나를 낳은 부모? 도대체 누가 나를 낳았단 말이냐?"

"당신이 가라고 하니 긴말 않겠습니다. 하지만 어차피 다 이야기할 것, 할 말은 하고 가겠습니다. 내 입을 열게 한 오늘이 당신이 태어난 날이자 동시에 당신이 죽는 날이 될 것입니다.

예, 말씀드리지요. 당신이 찾아내려 애쓰는 사람, 당신이 나를 협박해 정체를 밝혀내려는 그자, 라이오스 왕을 살해한 자, 그자는 바로 여기 있습니다. 지금은 다들 그가 이곳 태생이 아닌 줄 알지만 머지않아 그가 테베 태생임을 알게 될 겁니다. 하지만 그건 그에게 축복이 아니라 저주입니다. 그는 자기 자식들의 형제면서 아버지며, 자기 어머니의 아들이면서 남편이고, 아버지를 살해하고 아버지의 부인을 빼앗은 자로 드러날 것이기 때문입니다. 안으로 들어가서 잘 생각해보시기 바랍니다."

말을 마친 테이레시아스는 밖으로 나갔고 오이디푸스는 격노한 채 안으로 들어갔다.

얼마 후 크레온이 얼굴에 노기를 감추지 못한 채 궁전에 나타났다. 자신이 음모를 꾸몄다는 오이디푸스의 말을 사람들 입을 통해 전해 듣고 왕에게 항의하러 온 것이었다. 그는 시종장을 만나자 한탄을 늘어놓았다.

"이보게, 오이디푸스 왕께서 내 욕을 했다는 말을 듣고 참을 수 없어서 달려왔네. 나라가 이렇게 어지러운데 내가 사사로운 욕심으로 그분을 해치려고 했다니! 그런 치욕스러운 말을 듣고는 더 이상 살고 싶지도 않아. 나는 우리나라 백성들이 내게 악당이라고 손가락질하는 걸 잠시라도 참아낼 수 없네."

시종장은 왕이 잠시 흥분해서 그런 소리를 했을 뿐 본심은 아닐 것이라며 크레온을 달랬다. 하지만 그것은 시종장의 생각일 뿐 오이디푸스는 흥분을 가라앉히지 못하고 있었다. 그는 도무지 말이 안 되는 테이레시아스의 이야기가 모두 크레온의 음모에서 나왔다는 생각을 더욱 굳게 다지고 있었다.

그런 와중에 시종장이 크레온이 찾아왔음을 알리자 그는 한 걸음에 달려 나와 소리쳤다.

"이놈, 네가 무슨 염치로 이곳을 찾아올 수 있단 말이냐! 철면피가 따로 없구나! 내 목숨을 빼앗고 내 왕관을 빼앗으려는 음모를 꾸며놓고서! 내가 그 정도 눈치도 못 챌 바보로 알았느냐? 알면서도 내버려둘 만큼 겁쟁이인 줄 알았느냐? 이놈, 어리석은 꾀는 이제 그만 부려라. 돈도 없고 지지해줄 동지도 없으면서 감히 왕위를 엿봐!"

크레온이 기가 막혀 항의했다.

"아니, 너무 그렇게 성급히 판단하지 마시고 제 이야기도 좀 들어보십시오. 도대체 제가 무슨 잘못을 저질렀다는 겁니까?"

"그 못된 예언자 놈을 불러와 물어보라고 한 놈이 바로 너 아니냐?"

"그야 그렇지요. 전에도 늘 그래왔으니까요."

"그놈이 너와 공모하지 않았다면 어째서 내게 선왕을 살해한 모함을 씌운단 말이냐?"

"왕께서 물으신 말씀에 대답하기 전에 제가 묻고 싶습니다."

"뭐냐? 뭐든 나오는 대로 물어봐. 그래봤자 내게서 죄의 증거를 찾지는 못할 것이다."

"그게 아닙니다. 왕께서는 제 누이와 결혼하셨지요?"

"다 아는 걸 왜 묻느냐? 그래서 그게 어쨌단 말이냐?"

"우리나라에서는 왕비도 왕과 동등한 권한을 당연히 누리고 있지요?"

"물론이다. 그녀가 원하는 것은 다 주었다."

"그렇다면 저는 이 나라에서 세 번째 자리라는 영예를 차지하고 있군요."

"그렇지. 그게 아쉬워서 반역을 저지른 것 아니냐!"

"절대 그렇지 않습니다. 왕께서 제 처지가 되어 생각해보십시오. 이런 큰 권력을 누리고 있으면서 뭐 하러 전하와 다투겠습니까? 실제로 왕과 같은 행세를 하고 있는데 뭐 하러 그 이름을 탐하겠습니까? 저는 전하의 배려로 온갖 필요한 것을 아주 편안하게 다 얻고 있습니다. 만일 제가 왕이 된다면 제 마음에도 없는 일을 해야 하는 셈입니다. 지금 제가 누리고 있는 것은 실제로 제게 이로운 것이지만 왕이라는 이름은 헛된 욕심에 불과합니다. 저는 이로운 것을 버리고 헛된 것을 탐할 만큼 어리석지 않습니다. 저는 그런 야심을 가져본 적도 없고 그런 야심에 유혹당해본 적도 없습니다. 그렇게 정신 나간 짓은 절대 안 합니다.

만일 제가 의심스러우시다면 신전으로 직접 가보십시오. 가셔서 제가 전한 신탁이 사실인지 아닌지 직접 확인해보십시오. 만일 제가 그 예언자와 공모한 사실이 드러난다면 즉각 사형에 처하십시오. 하지만 확인도 하지 않은 채 터무니없는 혐의는 씌우지 마십시오. 악인을 선인으로 착각하거나 선인을 악인이라고 오해하는 건 마치 자기 생명을 잃는 것과 다름없는 일입니다."

하지만 오이디푸스는 크레온을 향한 의심을 풀지 않았다.

"음모자는 언제나 그럴듯한 핑계를 준비하기 마련이지. 네놈 말이 그럴싸해 보이지만 난 이대로 넋 놓고 있다가 당할 순 없어."

크레온이 어이가 없다는 표정으로 다시 물었다.

"그렇다면 저를 어찌하시렵니까? 추방하실 겁니까?"

"추방? 어림도 없는 소리! 사형이다. 질투가 얼마나 큰 죄인지 본보기를 보여야지."

크레온과 오이디푸스는 서로 자기가 옳다며 티격태격 말싸움을 계속했다. 크레온은 자신을 믿으라고 말했고 오이디푸스는 믿을 수 없다고 우겼다. 오이디푸스는 의심을 절대로 풀 수 없었기에 자기 주장을 되풀이했고, 크레온은 자신의 속을 확 뒤집어 보여줄 수 없는 것이 안타까울 뿐이었다.

둘이 한창 말다툼을 하고 있을 때 이오카스테 왕비가 나타났다. 그녀는 둘을 동시에 쳐다보며 말했다.

"참, 잘들 하십니다. 부끄럽지도 않으세요? 지금 나라가 이렇게 어려운 지경에 빠져 있는데 사사로운 말다툼이나 하고들 계시다니! 왕께서는 어서 궁 안으로 드세요. 크레온은 어서 집으로 돌아가고……."

그러자 크레온이 한마디 했다.

"누이, 이대로는 갈 수 없소. 왕께서 나를 극형에 처하겠다고 하오."

그러자 오이디푸스가 지지 않고 말했다.

"사실이오. 저놈이 나를 몰아내려는 음모를 꾸미다가 발각되었으니."

그러자 크레온이 항변했다.

"제가 만약 그런 음모를 꾸몄다면 이제 행운의 여신과는 영원히 작별입니다. 저주의 여신이 평생 제 뒤를 따라다녀도 좋습니다."

이오카스테가 나서서 크레온을 거들었다.

"전하, 신의 이름으로 간청하니 제발 그를 믿어주세요. 그가 수많은 사람들 앞에서, 그리고 신 앞에서 엄숙하게 맹세했잖아요."

그러자 오이디푸스는 지금껏 한 번도 잘못을 저지른 적 없는 크레온을 자기가 너무 넘겨짚어 오해한 것은 아닌가 하는 생각이 슬며시 들기 시작했다. 게다가 지금은 나라가 혼란에 빠져 있지 않은가? 이런 위기 상황에서 더 이상 불화하는 모습을 보이는 건 옳지 못하다는 생각이 들었다. 하지만 완전히 의심이 가신 것은 아니어서 마지못해 말했다.

"좋다, 내 용서해주지. 그대의 애원을 들으니 가엾어지는군. 그대를 용서해준 대가로 내가 살해당하거나 추방당하겠군. 꼴도 보기 싫으니 어서 썩 물러가라."

그러자 크레온이 말했다.

"억지로 싫은 일 하시는 표정이 역력하시군요. 어쨌든 전하께서는 저를 잘못 보셨지만 저는 떳떳합니다."

크레온은 말을 마치고 물러났다.

크레온이 물러나자 왕비가 물었다.

"저에게 말씀해주실 수 있어요? 왜 그렇게 화를 내시는 거죠?"

"소중한 당신이 물으니 대답해주겠소. 크레온이 나를 쫓아낼 음모를 꾸미고 있소."

"그런다고 볼 만한 증거가 있나요?"

"글쎄, 내가 라이오스 왕을 살해한 범인이라지 않소."

"그가 직접 그런 소리를 했나요?"

"그놈이 얼마나 교활한가 하면, 그 괘씸한 예언자와 공모해서 그자의 입을 빌려 그렇게 말하고 있소."

"전하, 예언자의 말이라면 신경 쓸 것 없어요. 예언자의 말이 언제나 옳은 건 아니랍니다. 제가 증거를 들어 보일게요.

예전에 라이오스 왕께서 신탁을 받았어요. 직접 아폴론 신이 내리신 신탁이 아니라 사제의 입을 통해 들었죠. 왕과 저 사이에 태어난 아들 손에 왕이 살해될 운명이라는 신탁이었지요. 그런데 그분은 절대 아들 손에 돌아가시지 않았어요. 그분은 삼거리 한복판에서 도둑들 손에 살해되셨어요. 게다가 아들은 난 지 사흘밖에 안 되었을 때 두 발꿈치가 묶여 인적 없는 산에 갖다 버려져 죽고 말았어요.

아폴론 신께서 사제 입을 통해 우리에게 신탁을 주신 건 그런 불행한 일이 일어나지 않도록 경고하고 이끄신 거죠. 그러니 제관이나 예언자의 입을 통해 나온 예언은 빗나갈 수도 있는 거랍니다. 그러니 전혀 신경 쓰실 필요 없어요."

왕비의 말을 듣고 오이디푸스 왕은 안심이 되기는커녕 마음이 몹시 흔들리기 시작했다. 그의 마음속에 커다란 의혹이 또 아리를 튼 것이다. 무엇보다 삼거리라는 왕비의 말이 그의 귀에 와서 꽂혔다. 그가 다급히 왕비에게 물었다.

"라이오스 왕께서 삼거리에서 돌아가셨다고 했소? 거기가 어디인지 말해줄 수 있소?"

"그 고장 이름이 포키스라고 들었습니다. 그 삼거리에 델포이와 다우리아로 통하는 두 갈래 길이 있지요."

"그래, 그 사건이 벌어진 지 얼마나 되었소?"

"왕께서 이 나라를 다스리기 얼마 전에 벌어진 일이었어요."

"아, 제우스 신이시여! 도대체 제게 무슨 일을 하신 겁니까?"

오이디푸스는 신음하며 비틀거렸다. 그는 용기를 내서 이오카스테에게 다시 물었다.

"라이오스 왕은 어떻게 생기신 분이었소? 키는 얼마나 되었고? 당시 연세는?"

"키가 크셨고 장년기를 넘기셔서 머리가 희끗희끗하셨지요.

생김새는 전하와 아주 비슷했어요."

그 말에 왕은 거의 사색이 되어 중얼거렸다.

"아, 무서운 저주에 갇혀 있으면서 그걸 모르고 있었다니!"

그의 표정을 보고 왕비가 겁에 질려 말했다.

"전하! 왜 그런 무서운 얼굴을 하시는 거죠?"

왕은 마음이 벌벌 떨려왔지만 자신을 추스르며 생각했다.

'이 무슨 운명이란 말인가! 하지만 아직 속단하긴 이르다. 그래, 아직 확인할 게 남았어.'

"그때 왕께서 몇 명의 군사들을 거느리고 가셨소? 단출한 행차였소, 아니면 많은 병사들과 함께였소?"

"길잡이 시종과 길을 떠나셨지요. 근처에서 그 광경을 보았다는 양치기 목동을 통해 들은 이야기랍니다. 그가 우리에게 와서 소식을 전해주었어요."

이제 모든 것이 확실해졌다. 하지만 물에 빠지면 지푸라기라도 잡고 싶은 법이다. 왕은 그 양치기가 살아 있다면 직접 만나 이야기를 듣고 싶었다.

"그 양치기를 불러올 수 있겠소?"

"왜 그러시는데요?"

왕은 잠시 망설이다 입을 열었다.

"말해주겠소. 내 근심거리를 당신이 아니면 대체 누구에게 털어놓겠소. 자, 내 내력을 들어보시오. 내 아버지는 코린토스의 폴리보스 왕이었고 어머니는 도리스 출신의 메로페 왕비였소. 나는 사람들의 칭송을 받으며 그 나라 왕자로 잘 지내고 있었소. 그런데 어느 날인가 이상한 일을 당했소. 술취한 한 사내가 내가 아버지의 친아들이 아니라고 떠들어대는 게 아니겠소? 화가 나긴 했지만 왕자 체면도 있고 해서 그냥 참고 넘겨버렸소. 다음 날 부모님을 뵙는 자리에서 나는, 이런저런 소문을 들었는데 그게 사실이냐고 여쭤보았소. 그랬더니 아버지께서 화를 벌컥 내시며 그런 말도 안 되는 소리에 신경 쓸 것 없다고 하셨소. 아버지 말씀에 안심이 되긴 했지만 마음이 그다지 편치는 않았소. 그 소문이 빠르게 퍼져나가고 있었기 때문이오.

나는 부모님께는 알리지도 않은 채 아폴론 신전으로 가서 두 분이 내 친부모님이 맞는지 신탁을 물었소. 그러자 아폴론 신께서는 그와는 전혀 상관없는 이야기를 들려주셨소. 정말 두렵고 비참한 이야기였지. 내가 친어머니와 결혼하여 아이를 낳고, 나를 낳아준 친아버지를 죽이게 된다는…….

그 예언을 듣고 나는 코린토스로 돌아갈 수 없었소. 그 비참한 운명을 피해 어디론가 도망쳐야 했던 거요. 마차를 타고 길을 가던 중 나는 바로 라이오스 왕께서 변을 당하셨다는 그곳에 이르렀소. 그때 어떤 일이 있었는지 이제부터 똑똑히 말해 주겠소. 내가 그 삼거리에 도착했을 때 길잡이 시종 한 명과 마차에 타고 있던 노인 한 명을 만났소. 그들은 나를 억지로 길에서 몰아내려 했소. 내가 승강이 끝에 화가 나서 시종을 때리자 시종이 내 말을 죽였소. 또 노인은 몽둥이로 내 머리를 내리쳤소. 너무 분노가 치민 나는 지팡이를 휘둘러 노인을 후려쳐 쓰러뜨렸고, 그런 다음 그들을 전부 죽여버렸소.

아, 만일 내가 죽인 그 노인이 라이오스 왕이라면? 도대체 나보다 더 불행한 자가 어디 있겠소? 신으로부터 나보다 더한 증오를 받은 자가 어디 있겠소? 어떤 시민도 나를 집에 들여서는 안 되오. 그 누구도 내게 말을 걸어서는 안 되오. 그 저주는 바로 내가 내린 거요. 바로 나 자신이 남이 아닌 나 스스로에게 내린 저주란 말이오. 나는 이 나라에 있을 수 없소. 추방될 수밖에 없소. 하지만 갈 곳이 없어. 내가 태어난 곳으로도 돌아갈 수 없소. 어머니와 결혼하고 아버지를 죽일 운명을 타고난 놈이 어떻게 고향으로 돌아갈 수 있단 말이오?"

이 이야기를 듣자 왕비는 몸이 벌벌 떨렸지만 겨우 정신을 차리고 말했다.

"전하, 그래도 양치기가 와서 하는 말을 듣기 전까지는 속단하지 마세요."

그 말에 오이디푸스 왕은 다소 힘을 얻은 듯했다.

"그렇지. 그 양치기 말에 따르면 도둑들이 왕을 시해했다고 했지? 당신이 분명 그렇게 말했지? 왕을 살해한 자가 한 명이 아니라 여럿이라면 나는 범인이 아니오. 그러나 만일 왕을 죽인 자가 단 한 명이라고 말한다면 그건 분명히 나요. 어서 그를 불러오도록 하시오."

"그럴게요. 양치기가 그렇게 말한 건 틀림없어요. 하지만 전하, 그가 어떤 말을 하건 선왕께서는 예언대로 돌아가신 게 아닙니다. 아폴론께서는 그분이 분명 친자식 손에 돌아가신다고 예언하셨어요. 하지만 불쌍한 그 아이는 아버지를 죽이기는커녕 자기가 먼저 이 세상을 떠나고 말았어요. 앞으로 저는 예언 따위에는 귀 기울이지 않을 테니, 전하께서도 더 이상 괘념치 마세요."

다음 날이었다. 이오카스테 왕비가 꽃과 향불을 들고 시녀들을 거느린 채 궁을 나섰다. 자신이 아무리 달래도 오이디푸스 왕의 근심이 그치지 않자 모두를 이 어둠에서 벗어나게 해달라고 아폴론 신에게 기도하기 위해 신전으로 향하던 중이었다.

왕비가 막 궁을 나섰을 때였다. 왕비 일행은 먼 길을 온 것 같은 노인과 마주쳤다. 노인은 왕비를 수행하고 있던 시녀들 중 한 명에게 물었다.

"말씀 좀 여쭙겠습니다. 오이디푸스 왕의 궁전이 어디 있는지 좀 가르쳐주시겠습니까? 아니, 그보다는 오이디푸스 왕께서 지금 어디 계신지 혹시 아신다면······."

시녀가 대답했다.

"노인께서 지금 눈앞에 보고 계신 게 바로 그분 궁전이랍니다. 그분은 저 안에 계시고요. 그리고 바로 이분이 왕비님이시랍니다."

그러자 노인이 왕비에게 예를 갖추어 인사하며 말했다.

"미처 몰라 뵈었습니다. 왕비님께 무한한 영광이 함께하시기를 빕니다."

그러자 왕비가 화답하며 말했다.

"노인께도 신의 축복이 함께하길 빌어요. 그런데 무슨 일로 우리 왕을 만나려는 건가요?"

"저는 코린토스 왕국에서 온 사자입니다. 우리 왕국으로서는 슬픈 일이지만 테베 왕가에는 기쁜 일일 수 있는 소식을 가져왔습니다. 우선 기쁜 소식을 전해드리지요. 우리 코린토스의 백성들이 오이디푸스 왕을 우리 왕으로 모시고자 합니다."

그러자 왕비가 걱정스러운 표정으로 물었다.

"코린토스 왕국은 폴리보스 왕께서 다스리고 계시지 않나요? 혹시 연로하신 그분께 무슨 일이라도?"

"네, 그렇습니다. 그만 돌아가시고 말았습니다."

그 말을 들은 이오카스테는 애도를 전할 생각도 못하고 기쁜 표정을 지었다. 오이디푸스 왕이 자기 손으로 아버지를 죽인다는 신탁이 거짓으로 드러났으니 기쁘지 않을 수 없었다. 그녀는 노인에게 어서 궁 안으로 들자고 말한 후 황급히 시녀들에게 말했다.

"얘들아, 어서 가서 내가 왕께 뵙기를 청한다고 전해라."

그녀는 속으로 기쁨의 탄성을 내질렀다.

'전하께선 공연한 걱정을 하신 거야. 자신이 아버지의 살인자가 될 것이 두려워 오랫동안 아버지 곁을 피해 있었는데, 그분이 자연의 손길에 따라 돌아가셨다니! 전하의 손에 돌아가신 게 아니었다니!'

얼마 후 오이디푸스 왕이 시녀들의 전갈을 받고 왕비를 만나러 왔다.

"사랑하는 이오카스테, 무슨 일로 나를 보자고 한 거요?"

"여기 코린토스 왕국에서 사자가 왔어요. 이야기를 들어보세요. 그리고 앞으로는 전하께서 아버지를 죽일 운명이라는 둥 신탁과 예언 이야기는 더 이상 하지 마세요."

오이디푸스가 사자에게 물었다.

"코린토스 왕국에서 왔다고? 그래, 무슨 소식이오? 혹시 우리 부모님께 무슨 일이라도 있소?"

그러자 사자가 말했다.

"전하께는 슬픈 소식이지만 먼저 전해드리겠습니다. 전하의 아버지, 그러니까 우리 폴리보스 왕께서 운명하셨습니다."

"그럴 수가! 어떻게 돌아가셨는가? 남들 손에 돌아가셨는가, 아니면 병으로 돌아가신 건가?"

"연로하셔서 천수를 다하신 것입니다."

오이디푸스로서는 아버지가 죽었으니 당연히 슬픈 일이었다. 하지만 나이가 많아서 세상을 떴고 더욱이 자신이 저주받은 신탁에서 벗어났다는 생각에 기뻐서 말했다.

"왕비! 이제 델포이의 신탁이나 하늘을 나는 새들의 예언을 두려워하지 맙시다. 내 손으로 아버지를 죽인다더니 그분은 그렇게 평안하고 고요히 땅에 묻히셨구려. 천수를 다하셨다니 잃어버린 자식이 그리워서 돌아가신 것도 아니잖소? 그러니 나는 아버지 죽음과는 아무 관련이 없는 것 아니겠소? 예언이란 얼마나 하찮은 것인지! 아버지 폴리보스 왕께서 당신 손으로 그 예언을 저승으로 함께 가지고 가셨어!"

그러자 이오카스테 왕비가 맞장구쳤다.

"그러게요! 제가 전부터 예언을 믿지 말라고 말씀드렸잖아요. 이제 그런 생각은 그만하세요."

"너무 무서운 예언이라서 겁에 질렸던 거요. 어머니와 결혼한다는 예언도 더 이상 두려워할 필요 없겠지?"

"그럼요. 인간 따위가 걱정한다고 앞날이 바뀌진 않아요. 인간의 힘으로 할 수 있는 게 뭐가 있겠어요? 한치 앞도 내다볼 수 없는 존재가 인간인데. 그냥 운명에 모든 걸 맡기고 그날그날 걱정 없이 사는 게 상책이죠. 어머니와 결혼한다고요? 그것도 무서워할 거 없어요. 꿈에서는 온갖 일이 일어나잖아요? 그렇다고 그걸 마음에 두는 사람은 거의 없어요. 그런 일 따위 무시해야 세상을 편하게 살아갈 수 있답니다."

그러나 오이디푸스의 얼굴에서 근심이 완전히 가시지는 않았다.

"어머니께서 이 세상에 안 계신다면야 나도 당신처럼 생각할 수 있소. 하지만 그분이 살아 계시는 동안은 아무래도 두려움에서 벗어날 수 없어."

옆에서 그 말을 듣고 있던 사자가 궁금한 표정으로 물었다.

"아니, 지금 어머니가 살아 계셔서 두렵다는 둥 이상한 말씀을 하시는데, 그게 도대체 무슨 뜻입니까?"

"노인, 불길한 신의 예언이 있었기 때문이오."

"제가 그 신의 말씀이 어떤 것인지 여쭤봐도 되겠습니까?"

"좋소, 내 말해주리다. 전에 아폴론 신께서 말씀하셨소. 내가 어머니와 결혼하고 내 손으로 아버지의 피를 보게 되리라고. 그래서 나는 이렇게 코린토스에서 멀리 떨어져 살게 된 거요. 여기서 행복하게 지내고는 있지만 늘 부모님을 그리워해왔소.”

“전하의 손으로 아버지를 죽일까봐 두려우셨다는 말씀이로군요. 그렇다면 전하! 이제 그분이 돌아가셨으니 안심하셔도 되지 않겠습니까? 자, 이제 저와 함께 코린토스로 돌아가시지요.”

“아니오, 돌아가지 않겠소. 아폴론 신의 말씀이 이루어질까 아직 두렵기 때문이오.”

“전하! 전하께선 정말 두려워할 필요가 전혀 없는 걸 두려워하고 계시는군요.”

“아니, 아버지를 죽이고 어머니와 결혼하는 게 두렵지 않단 말이오? 그런 일이 벌어질까봐 도망쳐 나온 곳으로 어찌 되돌아갈 수 있단 말이오?”

“전하께서는 신탁은 두려워하시면서 사람들이 다 아는 진실은 모르시는군요.”

“아니, 내가 모르는 진실이라니? 그게 대체 뭐요?”

“전하께서는 쓸데없이 두려워하고 계시단 말씀입니다.”

“내가 공연한 걸 두려워하고 있다? 내가 그분들 자식인데도 말이냐?”

"전하, 전하께서는 폴리보스 선왕과는 핏줄로 아무런 인연이 없습니다."

오이디푸스 왕의 눈이 휘둥그레졌다.

"아니, 그게 무슨 소리요? 내 아버지께서 친아버지가 아니라고?"

"그렇습니다. 제가 전하의 아버지가 아닌 것과 마찬가지입니다."

"그렇다면 어째서 그분이 나를 아들이라고 불렀는가? 친자식이 아닌데도 어찌 그리 귀여워하셨단 말인가?"

"그분께 아들이 없었기 때문입니다. 제가 진실을 말씀드리지요. 갓난아기였던 전하를 그분께 선물로 드린 것이 바로 저였습니다."

그 말을 옆에서 듣고 있던 왕비의 안색이 변했다.

왕은 노인에게 물었다.

"그대가 나를 폴리보스 왕께? 그렇다면 그대는 나를 어디서 얻었는가? 누구에게서 샀단 말인가, 아니면 어디서 주웠단 말인가?"

"키타이론의 첩첩산중에서 주웠습니다."

"첩첩산중에서? 아니, 그대는 왜 그런 곳을 지나갔는가?"

"다 말씀드리겠습니다. 사실은 제가 전하를 발견한 것이 아닙니다. 저는 그때 그곳에서 폴리보스 왕의 양을 돌보던 목동이었습니다. 저는 이 나라의 양치기들과 친하게 지내던 사이였지요. 갓난아기였던 전하를 구해준 것은 그중 한 명이었습니다. 그가 전하를 제게 맡긴 겁니다."

"이 나라의 양치기? 그가 누구인가?"

"그는 라이오스 왕의 양을 돌보던 목동이었습니다."

"라이오스 왕의 양치기? 그가 나를 구해주었다니, 도대체 내가 어떤 상황이었단 말이오?"

"그건 전하의 발뒤꿈치 상처가 증명해줄 것입니다. 양 발꿈치에 구멍을 뚫고 묶어놨던 것을 풀어서 구해드린 거지요."

그러자 왕이 탄식하며 말했다.

"하, 그 사람 아직 살아 있는가? 그 양치기가 누구인지, 어디 있는지 아는 사람 없는가? 어서 그를 찾아보도록 하라."

이제 이오카스테 왕비의 얼굴은 사색이 되었다. 왕비는 겨우 기운을 차려 왕에게 말했다.

"전하, 그 사람을 왜 찾으려 하세요? 그냥 내버려두십시오. 저런 말도 안 되는 소리에 흔들리실 필요 없어요."

"아니오. 그를 만나면 내 출생의 비밀이 모두 밝혀질 텐데 여기서 멈출 수는 없소. 내가 누구인지도 모르는 채 살아갈 수는 없소."

그러자 왕비가 간청했다.

"전하. 전하의 목숨을 소중히 여기신다면 그만 멈추도록 하세요. 제발 제가 드리는 충고를 받아들이세요."

"당신은 내가 노예 같은 미천한 신분으로 태어났을까봐 걱정하는 거요? 그렇다 해도 당신 명예는 전혀 손상되지 않을 테니 염려 마시오."

왕은 주위를 둘러보며 소리쳤다.

"여봐라, 누구든 어서 그 양치기를 당장 찾아오도록 하라!"

왕이 고집을 꺾지 않자 왕비는 비틀거리며 내실로 들어갔다. 그 모습을 본 오이디푸스 왕이 중얼거렸다.

"그래, 왕비는 내가 천한 신분 출신일까봐 저러는 거야. 하지만 상관없어. 내가 설사 노예 출신이라도 알건 알아야겠어. 행운의 여신이 나를 지켜주고 있어. 내가 살아온 삶이 그렇잖아. 난 행운의 여신한테서 태어난 거야. 그리고 내 운명도 저 달처럼 변하는 것일 뿐이야. 때로는 가득 차고 때로는 기우는 거지. 내 운명이 그런데 내가 뭘 두려워할까? 내 출생의 비밀을 안들 뭐가 겁나? 그렇다고 달라질 게 뭔가?"

바로 그때 시종이 오이디푸스 왕 앞으로 와서 고했다.

"전하, 불러오라고 하신 양치기가 막 도착했습니다."

오이디푸스 왕이 어서 데리고 오라 하자 한 양치기 노인이 모습을 드러냈다. 그는 오이디푸스 왕의 시종들과 잘 아는 사이인 듯 반갑게 이야기를 나누며 왕 앞으로 다가왔다.

운명은 참으로 가혹했다! 오이디푸스 왕 앞에 나타난 양치기는 바로 폴리보스 왕의 사자가 말했던 양치기, 오이디푸스를 죽이라는 명을 받았던 양치기, 라이오스 왕 살해 장면을 목격한 바로 그 양치기였다! 그를 본 순간 오이디푸스에게 무슨 영감 같은 것이 떠올랐다. 그가 라이오스 왕의 양치기라는 생각이 번개처럼 든 것이었다. 마치 신의 계시 같았다.

오이디푸스 왕은 그를 가까이 불러 물었다.

"자, 노인. 이제부터 내가 묻는 말에 똑바로 대답하오. 혹시 전에 라이오스 왕을 섬기고 있었는가?"

"네, 전하께서 어떻게 그 사실을! 맞습니다. 저는 왕의 양을 돌보는 일을 했습니다."

"어디에서 주로 일을 했소?"

"키타이론 산과 그 근처였습니다."

그러자 왕이 손가락으로 사자를 가리키며 말했다.

"그렇다면 저 사람을 본 적이 있소?"

"저 사람을요? 그를 어디서 보았다는 말씀이신지요?"

"코린토스 왕국에서 온 저 사자 말이오. 자세히 보시오. 어디서 본 일 없소?"

그러자 양치기 노인이 사자를 흘낏 보더니 외면하며 말했다.

"글쎄요, 저는 기억이 나지 않습니다."

이미 그 노인이 누구인지 알아보고 있던 사자가 오이디푸스 왕에게 말했다.

"전하, 제가 그의 기억을 되살려놓겠습니다. 키타이론 근처에서 그때 있었던 일을 이야기해주면 분명 저를 똑똑히 기억할 것입니다."

사자는 양치기 노인을 향해 말했다.

"당신, 나보다 두 배 되는 양을 몰고 그곳에서 꼬박 3년 동안 양을 치지 않았소? 그 3년 동안 봄부터 가을까지 반년씩 그곳에서 지내지 않았소? 겨울이면 나는 내 우리에, 당신은 라이오스 왕의 우리에 양을 몰아넣지 않았소? 어떻소? 내 말이 맞지 않소?"

"오래전 일을 이야기하고 있군. 맞소. 그러고 보니 얼굴이 기억나는군."

"그럼 내가 묻지. 그때 당신이 내게 어린아이 한 명을 주지 않았소? 나보고 양자로 삼아 기르라 하지 않았소?"

그러자 양치기 노인이 손사래를 쳤다.

"무슨 소리요? 그런 소리는 왜 하는 거요?"

그러자 사자가 말했다.

"당신 놀라지 마시오. 당신 앞에 서 계신 분이 바로 그때 그 갓난아이요!"

그러자 양치기가 얼굴이 벌게지며 버럭 소리를 질렀다.

"이런 염병할 놈 같으니! 그 입 닥치지 못해!"

그러자 오이디푸스 왕이 말했다.

"이보게, 노인장. 그렇게 화낼 일이 아닌 것 같은데. 내가 보기엔 이 사자 말이 사실인 것 같군. 자, 사자 말에 제대로 대답해보게."

"아닙니다, 전하. 저자는 자기가 무슨 말을 하는지도 모르면서 주둥이를 놀리고 있는 겁니다."

그러자 오이디푸스가 엄한 표정으로 말했다.

"바른대로 말을 안 하겠다는 거지? 그렇다면 강제로 입을 열게 하는 수밖에. 여봐라, 이놈의 손발을 묶도록 해라!"

그러자 노인이 겁에 질린 눈으로 말했다.

"아이고, 전하! 어찌 이러십니까? 소인의 입을 통해 무슨 이야기를 더 들으시겠다는 것입니까?"

"어린애 말이다. 네가 그 아이를 이 사람에게 주었지? 사실대로 말해."

"예, 예. 제가 주었습니다. 아이고, 차라리 그때 내가 죽어버리는 게 나았을걸!"

"바른 대로 말하지 않으면 이 자리에서 그렇게 될 거야!"

그러자 노인이 우물쭈물하면서 중얼거렸다.

"하지만 사실대로 말하면 더 큰일 날 텐데……."

그러자 왕이 버럭 고함을 질렀다.

"이놈! 아직도 정신을 못 차렸단 말이냐!"

"아닙니다, 분명 제가 저 사람에게 아이를 주었습니다. 이미 말씀드리지 않았던가요?"

"그렇다면 묻겠다. 그 아이가 누구냐? 네 아이냐? 아니면 어디서 얻었느냐?"

체념한 양치기 노인이 이실직고했다.

"제 아이가 아닙니다. 남에게서 받은 아이였습니다."

그러자 왕이 재차 물었다.

"그래, 어느 집에서 얻은 아이냐? 네 집 근처 시민의 아이냐? 아니면 노예가 낳은 아이냐? 어서 사실대로 말해라!"

"전하, 제발 소원입니다. 더 이상은 묻지 말아주시길……."

"어허, 이놈이! 또다시 네게 물을 일이 생기면 그때 네 목숨은 없을 줄 알아라!"

노인이 체념한 듯 고개를 떨어뜨리더니 말했다.

"이제 도리가 없군요. 사실대로 말씀드리겠습니다. 그 아이는 라이오스 왕궁의 아이였습니다."

자신이 라이오스 왕의 아들이라고는 꿈에도 생각 못 한 오이디푸스가 다시 물었다.

"라이오스 왕궁의 아이라니? 궁전 노예의 아이였단 말인가, 아니면 왕의 친척이라는 말인가?"

그러자 노인이 탄식했다.

"아, 이를 어찌해야 좋단 말인가! 기어코 내 입에서 그 무서운 말이 나와야 한단 말인가!"

그러자 오이디푸스 왕이 재촉했다.

"어서 말하라! 제아무리 무서운 말일지라도 내 기어이 들어야 하겠다."

이윽고 노인이 결심한 듯 말했다.

"라이오스 왕의 친아드님이었습니다. 안으로 들어가신 왕비님께 물으시면 더 소상히 아시게 될 것입니다."

"그렇다면 왕비가? 왕비가 그 아이를 직접 내주었단 말인가?"

"전하, 그렇습니다."

"대체 무엇 때문에? 그 아이를 어떻게 하라고?"

"아이를 죽여 없애라고 제게 주었습니다."

"그럴 수가! 자기 자식을!"

"불길한 신탁을 들었기 때문입니다. 그 아이가 아버지를 죽이고 어머니와 결혼한다는 신탁 때문이었습니다. 하지만 저는 갓난아기가 가여워서 차마 죽게 내버려둘 수 없었습니다. 이 사람이 자기 나라로 데려가서 숨겨 기르면 아무 문제 없으려니 생각했습니다. 그런데 이 사람이 그 아이를 자기 나라 왕에게 바친 것입니다."

오이디푸스는 쓰러질 듯 비틀거리며 탄식했다.

"모든 것이 분명해졌구나! 모든 것이 사실이야! 아, 이 얼마나 가혹한 운명인가! 천지를 비추는 밝은 빛이여! 내 더 이상 너를 볼 수가 없구나! 죄 많은 몸으로 태어나 근친상간을 범하고, 제 아버지의 피를 흘렸구나!"

오이디푸스는 비틀거리며 안으로 들어갔다. 그 뒷모습을 보며 양치기 노인이 탄식했다.

"아, 사람의 아들이란 하루살이에 불과하고, 행운이란 덧없기 그지없다! 불행한 오이디푸스 왕! 당신을 보고 그 누가 이 세상에서 행운을 찾으려 할까! 어디에 이보다 더 슬픈 이야기가 있을까! 그 누가 이보다 더한 재앙을 겪을 수 있을 것이며 이보다 더 큰 고뇌에 시달릴 수 있을까! 누가 이보다 더한 삶의 무상함을 느낄 수 있을까! 아, 라이오스의 아들 오이디푸스 왕! 차라리 당신을 안 보았다면 좋았을걸! 당신 때문에 내 눈까지 어둠으로 뒤덮이는구나!"

한편 오이디푸스 왕에 앞서 안으로 들어간 왕비는 미친 듯 내실로 뛰어들었다. 그러더니 머리채를 두 손으로 잡아 뜯으며 곧장 침실로 달려갔다. 그녀는 침실에 들어서자마자 문을 걸어 잠갔다. 그러고는 오래전 세상을 떠난 라이오스 왕의 이름을 큰 소리로 부르짖고는 이렇게 외쳤다.

"아, 자식과 결혼을 하다니! 남편에게서 남편을 낳다니! 자식에게서 그 자식의 아들이자 형제를 낳다니!"

자신의 저주받은 운명을 한탄하던 그녀는 밧줄에 목을 매달아 스스로 목숨을 끊었다.

그녀가 목숨을 끊은 지 얼마 되지 않아 오이디푸스 왕이 내실로 뛰어 들어왔다. 정신이 다 나간 모습이었다. 궁 안의 신하

들과 시종들, 시녀들은 흥분한 왕의 모습을 겁에 질린 채 바라
보고만 있었다. 왕은 신하들을 보자 소리쳤다.

"내 아내이면서 아내가 아닌 사람! 나와 함께 내 자식을 낳은
사람은 어디에 있느냐!"

왕은 침실로 다가가 문을 열려고 했다. 문은 잠겨 있었다. 왕
은 소리를 지르면서 문으로 달려들었다. 어디서 갑자기 초인적
인 힘이 솟았는지 왕은 굳게 잠긴 빗장을 비틀어 벗기고는 방
문을 열었다.

침실로 들어가자 들보에 매달린 왕비의 몸이 눈에 들어왔다.
왕은 소리쳐 울면서 밧줄을 풀었다. 시신을 침대에 눕힌 왕은
왕비의 옷에서 황금으로 된 장식용 바늘을 뽑더니 하늘 높이
치켜들었다. 다음 순간 그는 바늘로 자신의 두 눈을 찔러버렸
다. 그러고는 소리 높여 외쳤다.

"너는 이제 네게 닥친 이 재앙을, 네가 저지른 이 엄청난 죄
악을 두 눈으로 보지 마라! 이제부터 너는 영원한 어둠 속에 있
어라! 보아서는 안 될 사람을 보았던 너! 알아차려야 했던 사람
을 알지 못했던 너! 너는 이제 다시는 그 누구의 모습도 볼 수
없으리라!"

그는 다시 손을 치켜들고 여러 차례 두 눈을 찔렀다. 그때마

다 억수 같은 피가 계속 쏟아져 내렸고 흐르는 피가 수염을 적셨다. 그는 거듭 큰 소리로 외쳤다.

"자, 모든 테베 백성들에게 보여주어라! 이 아버지를 죽인 자! 자신의 어머니를 아내로 삼은 자를!"

이어서 그는 비틀거리며 침실에서 나왔다. 너무나 처참했다. 차마 두 눈으로 볼 수 없는 애처로운 모습이었다.

그 무서운 모습에 감히 아무도 가까이 가지 못했다. 그는 비틀거리면서 다시 소리쳤다.

"아, 슬프다! 재앙 덩어리인 이 몸! 나는 어디로 가야 하나? 아, 무서운 검은 구름만이 뒤덮인 이 어둠! 아폴론 신이여! 어찌하여 제게 이런 재앙을 내리신 것입니까? 어서 저를 이 구렁텅이에서 끄집어내주십시오! 절망과 저주를 받은 자! 신들의 가장 큰 미움을 받은 자를!

그때 그곳에서 내 발의 사슬을 풀고 나를 살려준 목동아! 나는 그대를 저주한다. 내가 그때 죽었더라면 이런 고통은 없었을 텐데! 내 아버지도 피를 흘리지 않고, 나를 낳은 이에게 남편으로 불리지도 않았을 텐데! 아, 왜 나는 살아남아 신들에게서 버림받은 자, 치욕스러운 자가 되었는가! 나를 낳은 어버이의 침실을 더럽힌 자! 이 세상 무엇보다 더러운 것, 그것은 바로 이 오이디푸스의 몸뚱이다.

　나는 내 두 눈을 멀게 할 수는 있을지언정 죽지도 못하는구나. 저승에 가서 무슨 낯으로 내 아버지를, 그리고 불쌍한 내 어머니를 볼 수 있을까! 아, 나는 이 위대한 도시의 성벽도, 우리와 함께하고 계신 위대한 신들의 모습도 다시는 볼 수 없다. 이곳에서 태어나 이곳에서 으뜸가는 젊은이로 자란 내가, 스스로에게 그 모든 것을 보아서는 안 된다고 선고하고 있구나! 나는 나를 이곳에서 쫓아내라고 스스로에게 명령하고 있구나!

　아, 키타이론 산이여! 어째서 나를 받아들였는가! 어째서 품에 안자마자 나를 죽이지 않았단 말이냐! 그랬다면 나는 이 세상에 태어나지도 않은 존재가 되었을 텐데! 아, 폴리보스 왕이시여! 코린토스여! 내 조상들이 살아온 것으로 알았던 그곳의 내 집이여! 죄악에서 나온 저주받은 이 몸을 왜 키워주었는가!

　아, 저 세 갈래 좁은 길아! 어째서 나를 그리로 이끌었는가! 너희는 내 손으로 흘린 내 아버지의 피, 내가 저지른 그 살인의 피를 마셨구나! 그곳에서 나는 도대체 무슨 짓을 저지른 것인가!

　아, 숙명의 결혼아! 그대는 나를 낳고 그 안에 또 내 씨를 품었구나! 네 안에서 아버지와 형제와 자식이, 아내와 어머니가 근친상간의 죄를 저질렀구나! 인간이라면 저지를 수 없는 더

없이 더러운 죄악을 저질렀구나! 아, 차마 입에 올릴 수도 없는 죄악을!"

모두들 숨을 죽인 채 엎드려 벌벌 떨고 있는 가운데 오이디푸스는 고개를 좌우로 돌리며 다시 외쳤다.

"거기 아무도 없느냐? 그 누구든 이곳에 있거든 어서 나를 나라 밖, 보이지 않는 곳으로 데려가다오. 나를 죽이든가 바닷속 깊은 곳에 던지든가 해다오! 아무도 나를 꺼려할 것 없다! 내 죄는 오로지 나 혼자 지은 죄일 뿐!"

그때였다. 소식을 들은 크레온이 황급히 궁전 안으로 들어섰다. 오이디푸스의 처참한 모습을 본 크레온이 말했다.

"크레온입니다, 전하. 전하를 비난하러 온 것이 아닙니다. 자, 우선 어서 안으로 드십시오."

이어서 그는 주변 신하들을 둘러보며 말했다.

"사람 몸에서 태어난 존재가 별것 아니라 할지라도, 적어도 만물을 키워주시는 태양 빛은 공경할 줄 알아야 한다. 우리는 어떤 인간이 이 세상 그 누구도, 이 세상 그 무엇도 받아들이지 않을 더러움에 물들었다 할지라도, 그의 더러움을 들춰내려 하기보다는 하늘을 우러러 공경하는 법을 배워야 한다. 자, 우리 집안의 불행은 오로지 우리 집안의 불행일 뿐, 세상에 드러낼 일이 아니다. 어서 저분을 안으로 모셔라."

그러자 오이디푸스가 말했다.

"오, 크레온! 내 숙부이자 처남! 저주받은 나를 이렇게 고마운 마음씨로 배려해주다니! 그렇다면 그 마음씨로 내 소원을 들어주게. 어서 나를 이 땅에서 추방해주게. 누구 하나 말 걸 사람 없는 곳으로 나를 쫓아내줘. 그리고 저 안에 누워 있는 그대 누이를 잘 묻어주게. 나는 목숨이 붙어 있는 한 내 아버지 나라에 살면서 그 나라를 더럽히면 안 돼. 나를 저 키타이론 산으로 데려가주게. 부모님께서 살아계셨을 때 내 무덤으로 삼고자 했던 곳이지. 난 그곳을 내 죽음 자리로 삼고 싶네.

끝으로 한 가지 더 부탁이 있네. 내 아이들을 부탁하네. 아들 둘은 걱정이 없어. 사내들이니 어디 간들 제구실을 할 수 있을 거야. 하지만 늘 나와 함께 있던 두 딸은 돌봐주게. 아, 마지막으로 두 딸을 다시 한 번 만져볼 수 없을까? 그대에게 마지막으로 부탁하네. 마지막 소원이니 제발 들어주게."

그러자 크레온이 주변에 명하여 오이디푸스의 두 딸을 데려오게 했다.

잠시 후 두 딸이 흐느끼며 그의 앞에 나타났다.

"내 귀여운 딸들! 너희가 흐느끼고 있구나! 아, 나는 나도 모르는 새 나를 낳은 사람에게서 너희를 얻었구나. 너희를 위해 나는 운다. 너희는 얼마나 큰 조롱을 받으며 살아갈지! 너희 아버지는 제 아버지를 죽였다. 자기를 낳은 어머니를 아내로 삼았다. 그리고 제가 태어난 몸에서 너희를 낳았다. 그런 너희와 누가 결혼을 하겠느냐? 너희는 결혼도 못 하고 자식도 없이 시들어가겠구나!"

오이디푸스는 다시 크레온에게 말했다.

"메노이케우스의 아들 크레온! 이 애들은 부모를 모두 잃었네. 그러니 이제 그대가 단 하나 남은 이 두 아이의 아버지인 셈이네. 제발 이 아이들을 돌봐주게. 둘이 가난에 시달리지 않게 해주고, 결혼도 못 한 채 거리를 헤매지 않게 해주게."

크레온이 승낙의 표시로 오이디푸스의 두 손을 잡았다. 그러자 오이디푸스가 딸들에게 말했다.

"내 딸들아! 너희에게 해줄 말이 정말 많구나. 그러나 지금은 단지 너희 일생이 이 애비보다는 행복하게 해주십사고 신들께 기도할 뿐이다."

크레온이 다시 오이디푸스에게 안으로 들어가자고 했으나, 오이디푸스는 자기를 나라 밖으로 내쫓겠다고 약속하지 않으면 들어가지 않겠다고 버텼다. 그러자 크레온이 말했다.

"그것은 신들이 결정하실 일입니다. 내가 결정할 일이 아닙니다."

오이디푸스는 어쩔 수 없이 시종의 부축을 받으며 안으로 들어갔다. 어디선가 이런 노랫소리가 들려오는 듯했다.

테베 사람들이여, 두 눈 뜨고 똑똑히 보아라.
이 사람이 바로 오이디푸스다.
죽음의 수수께끼를 풀고
권세가 하늘을 찌르던 사람이다.
온 세상 사람들이 모두 그를 부러워했지만,
아, 이제는 전부
사나운 운명의 풍랑에 묻히고 말았다.
그러니 인간으로 태어난 이들이여,
누구든 조심스럽게 행동하라.
그대들의 운명에 따라 정해진
마지막 순간을 맞이하기 위해 기다려라.
그 어떤 괴로움도 없는 저승에 이르기 전까지는
이 세상 누구도 진정 행복하다 말하지 마라.

콜로노스의 오이디푸스

스스로 추방을 원했던 오이디푸스는 크레온의 만류로 상당 기간 그대로 테베에 머물렀다. 그러나 결국 오이디푸스는 테베에서 추방되어 세상을 떠돈다. 그의 두 아들 폴리네이케스와 에테오클레스는 아버지가 떠난 후의 왕권에만 관심이 있을 뿐 아버지가 겪은 불행, 눈먼 아버지가 추방 후 겪게 될 고난에 대해서는 아무런 관심이 없었다. 오이디푸스의 두 딸 안티고네와 이스메네만이 아버지를 불쌍하게 여겼다. 특히 큰딸 안티고네는 차마 눈먼 아버지를 홀로 방랑길에 오르게 할 수 없었다. 그녀는 아버지를 돌보기 위해 함께 길을 나서, 아버지 오이디푸스가 그 한 많은 삶을 마감할 때까지 잠시도 곁을 떠나지 않았다. 이어지는 이야기는 불쌍한 두 부녀가 아테네에서 2킬로미

터 정도 떨어진 콜로노스에 도착한 후, 오이디푸스가 그곳에서 죽음을 맞이하기까지 이야기다.

아버지와 딸의 방랑길은 참으로 고난에 찬 여정이었다. 이미 그리스 전역에 오이디푸스가 신들의 저주로 인해 죄를 짓고 벌을 받았다는 소문이 널리 퍼져 있었다. 두 사람은 자신들의 정체를 숨기며 구걸로 겨우겨우 연명했다. 그러나 어디에도 그들이 쉴 곳은 없었다. 처음에는 그들을 불쌍히 여겨 받아주었던 곳에서도 그 가엾은 장님이 오이디푸스라는 것을 알게 되면 사람들은 그들을 곧바로 내쫓았다. 천벌을 받은 자, 씻을 수 없는 죄를 지은 자를 받아들이면 자신들이 신의 노여움을 살까봐 두려웠기 때문이다.

그렇게 사방을 떠돌던 그들은 다시 낯선 땅에 발걸음을 디뎠다. 세월이 많이 흐른데다 고생이 심해서 오이디푸스는 이미 노인이 다 되어 있었다.

그들이 걸음을 멈춘 곳은 바로 아테네 근처 콜로노스였다. 하지만 소경인 아버지도, 딸도 그곳이 어디인지 알 수 없었다. 오이디푸스가 안티고네에게 물었다.

"얘야, 여기가 어디인지, 어떤 사람들이 살고 있는 곳인지 알겠느냐? 누가 우리 같은 떠돌이에게 동냥이라도 주겠느냐? 별욕심 없이 그냥 험한 음식이라도 바랄 뿐이지만, 그조차 얻기힘들겠구나. 그래도 견딜 수는 있다. 하도 고생을 해서 참을성이 생긴데다, 본래 고귀한 신분이니 우리에게 불평은 어울리지않는구나. 얘야, 어디 쉴 만한 곳이 없겠느냐? 그럴 만한 데가있으면 나를 좀 앉혀주려무나. 누구라도 만나면 여기가 어디인지 물어보고 싶구나.”

그러자 오이디푸스를 부축하며 걷고 있던 안티고네가 말했다.

“아버지, 이 나라 성탑은 아직 보이지 않아요. 그런데 여기는분명 성스러운 곳 같아요. 월계수와 올리브와 포도덩굴이 무성하고, 숲속에서는 꾀꼬리 울음소리가 음악처럼 들리고 있어요.아버지, 너무 먼 길을 걸으셨으니 여기 돌 위에 좀 앉으세요.”

오이디푸스는 안티고네가 이끄는 대로 앉으며 말했다.

“그래, 좀 앉자. 그런데 정말 여기가 어디인지 궁금하구나. 지나가는 사람들 입에서 아테네라는 소리가 나온 것 같기는 한데…….”

“네, 분명 아테네 근처인 것 같아요. 그런데 이 고장이 어디인지 정확히는 모르겠어요. 아, 저기 한 사람이 오네요. 저 사람에게 물어보면 되겠어요.”

그 사람이 가까이 오자 오이디푸스가 물었다.

"혹시 이 고장 분이시오? 여기가 어디인지 물어도 되겠습니까?"

그러자 그 사람이 말했다.

"내가 그 대답을 해주기 전에 어서 이 자리에서 물러나시오. 당신은 발을 들여놓아서는 안 되는 곳에 있소."

"아니, 여기가 무슨 신성한 곳이라도 된다는 거요?"

"이곳은 사람이 머물러서는 안 되는 곳입니다. 대지의 여신 가이아와 무서운 복수의 여신들이 사시는 곳입니다."

"복수의 여신들이라고? 그분들이 누구시오?"

"이 고장 사람들은 그 여신들을 에우메니데스 님이라고 부릅니다. 가족 간에 죄를 지은 자를 벌하는 무서운 여신들입니다."

그러자 오이디푸스가 조용히 탄식하듯 말했다.

'오, 그렇다면 이곳이 바로 내가 머물 곳이다. 일찍이 아폴론 신께서 내가 에우메니데스의 성지에서 방랑이 그칠 것이라고 말씀하셨는데, 운명이 내 발길을 이곳으로 이끌었구나!'

이어서 그가 콜로노스 사람에게 말했다.

"이보시오. 미안하지만 이곳에 대해 좀 더 자세하게 설명해 줄 수 있겠소?"

"당신 모습이 비참한데다 그렇게 간절히 물으니 내가 아는 대로 다 말씀해드리겠소. 이곳은 온통 거룩한 곳입니다. 이곳은 저 위대한 바다의 신 포세이돈의 땅입니다. 이곳에는 인간에게 불을 가져다준 프로메테우스 신도 계십니다. 지금 당신이 발을 딛고 있는 자리는 바로 '청동의 문턱' 또는 '아테네의 기둥'이라 불리는 곳입니다. 저승으로 통하는 길목인 셈이지요. 이곳은 콜로노스입니다."

"그렇다면 이곳에 사는 사람들의 왕은 누구요?"

"이 고장은 이 나라의 왕께서 다스리고 계십니다. 바로 테세우스 왕이십니다."

그러자 오이디푸스가 그 사람에게 말했다.

"오, 테세우스 왕! 혹시 그분에게 내가 만나고 싶다는 말을 전할 사람이 없겠소? 그러면 이곳과 이 나라에 큰 도움이 될 것이오."

"앞 못 보는 사람이 어떻게 도움을 줄 수 있단 말이오?"

"내 비록 앞은 보지 못하나, 말하는 것에 대해서는 눈을 훤하게 뜨고 있는 사람이오."

"당신은 귀한 사람 같아 보이니 내가 이곳 사람들에게 당신 말을 전하고 오겠소. 당신이 이곳에 머물러도 좋을지 아닐지는 나 혼자 결정할 일이 아니오."

말을 마친 후 그는 자리를 떠났다. 그러자 오이디푸스가 무릎을 꿇고 그곳 여신들에게 기도하며 말했다.

"오, 무서운 형상의 에우메니데스 여신들이시여! 제가 이곳에 무릎을 꿇더라도 노여워 마십시오. 아폴론 신께서 제 슬픈 운명을 말씀하시면서 제가 머물 곳에 대해 이렇게 말씀하셨습니다.

'네가 그 황송한 자리에 도달하여 너를 보호해주는 사람들을 만나면 거기서 네 고달픈 인생은 끝나리라. 네가 거기 머물면, 너를 맞아준 사람들은 이로울 것이며 지난날 너를 몰아낸 자들은 멸망을 맞으리라.'

저는 이제야 오랜 유랑 끝에 신의 뜻으로 이곳에 오게 되었음을 알았습니다. 그렇지 않고서야 어찌 제가 사람의 손으로 이루어지지 않은 신성한 이곳으로 와서 세 분 여신들을 만날 수 있었겠습니까? 여신들이여! 제가 지상에서는 영원히 가장 비참한 일을 겪을 운명을 타고난 자, 이승에서는 신의 은총을 받을 수 없는 자라면, 아폴론 신의 말씀대로 이곳에서 저의 길을 이루고 생을 끝낼 수 있게 해주십시오.

위대한 여신 아테나의 나라여! 영광스러운 나라여! 이 오이디푸스를, 아니 차라리 오이디푸스의 유령인 저를 불쌍히 여겨 받아주십시오! 저는 이미 이전의 제가 아닙니다."

그가 기도를 마쳤을 때 앞서 오이디푸스와 이야기를 나누었던 콜로노스 사람이 이 고장 원로들을 데리고 왔다. 그들은 자신들이 입에 올리기도 무서운 복수의 여신들의 숲, 옆을 지나갈 때도 감히 고개를 들 수 없는 이곳에 와서 머물겠다고 간청하는 사람이 도대체 누구인지 궁금했다. 그들은 알 수 없는 그 사람에 대한 두려움을 지닌 채 오이디푸스 앞으로 왔다.

그들 중 한 노인이 앞으로 나서서 물었다.

"도대체 당신은 누구시오?"

"내가 당신께 분명히 말할 수 있는 것은 나는 여러분이 부러워할 만큼 행복한 자는 결코 아니라는 것이오."

그러자 노인이 말했다.

"이제 보니 앞을 못 보시는 분이로군요. 보아하니 오랜 세월 고생 많이 하신 것 같소. 내가 당신을 어떻게 도울 수 있을지 말해주시오. 당신이 나를 만난 게 최소한 불운이 되게는 하고 싶지 않소. 자, 내가 충고하리다. 무엇인가 우리에게 하고 싶은 말이 있다면 지금 이곳에서는 하지 마시오. 이곳은 금지된 땅이오. 당장 이곳을 떠나 누구에게나 허락된 곳으로 가서 이야기하도록 하시오."

오이디푸스가 어떻게 해야 할까, 하는 표정으로 딸을 쳐다보자 안티고네가 말했다.

"여기서는 여기 관습을 따라야 해요. 아버지, 손을 주세요."

안티고네는 아버지의 손을 잡고 노인이 지시하는 대로 발걸음을 옮겼다. 그들이 어느 바위 위로 발을 딛자 노인이 말했다.

"바로 거기요. 그렇게 옆으로 비껴나서 그 바위 끝에 쪼그리고 앉으시오."

오이디푸스가 안티고네의 도움으로 자리에 앉자 노인이 물었다.

"자, 이제 묻겠소. 당신은 누구의 아들이오? 당신의 고향은 어디인데 이렇게 고달프게 떠돌고 있소?"

"여러분, 나는 내 나라에서 쫓겨난 사람이오. 그러나 내가 누구냐고 묻지는 마시오. 나는 출생부터 끔찍한 사람이오."

하지만 그가 누구인지 밝히지 않으면 아무 이야기도 듣지 않겠다고 하자 할 수 없이 오이디푸스가 말했다.

"아, 그대들은 라이오스 왕의 아들을 아시오? 저 불쌍한 오이디푸스를? 내가 바로 그 불행한 사람이오."

그러자 원로를 비롯해 일행이 일제히 외쳤다.

"어서 이 땅 밖으로 멀리 물러가라! 우리 땅에서 멀어져라! 우리에게 무슨 무거운 짐을 지우려는 거냐!"

그러자 안티고네가 눈물로 간청했다.

"너그러우신 어르신들, 늙고 앞 못 보는 제 아버지의 죄를 참아낼 수 없다면 적어도 불행한 저만은 불쌍하게 여겨주십시오. 저는 오로지 제 아버지를 위해 여러분께 간청합니다. 우리는 의지할 곳 없이 비참한 신세입니다. 여러분이 신에게 의지하고 있듯이 저희는 여러분께 의지하고 있습니다. 제발 은혜를 베풀어주십시오. 신께서 제 아버지를 이곳으로 이끌어주셨습니다. 이분은 이제 더 이상 갈 곳이 없습니다."

그러자 원로가 말했다.

"오이디푸스의 딸이여. 우리는 당신들의 불행을 애처롭게 생각하고 있다오. 하지만 신들의 심판이 두려워 우리도 어쩔 수가 없소."

그들이 하는 말을 듣고 있던 오이디푸스가 입을 열었다.

"아테네인들이여. 그대들은 신께 경건하며 고통에 빠진 사람들을 돕는다고 명성이 자자하다는 것을 내 이미 알고 있소. 그대들이 나를 이곳에서 쫓아낸다면 이제 어디 가서 도움을 받을 수 있겠소?

그대들이 내 이름을 듣고 나를 쫓아내려 하는 것은 내가 한 짓이 두려워서가 아니오? 하지만 내가 한 짓이란 실은 내가 당한 일일 뿐이오. 아, 여기서 내가 또 부모님 이야기를 해야 한단 말인가! 그렇소. 내가 끔찍한 일을 저지른 것은 맞소. 나는 아버지를 죽인 놈이오. 하지만 내가 천성이 악해서 그런 짓을 저지른 것이겠소? 아니오. 나는 내가 어디로 가는지도 모르는 채 길을 가다가 부당한 일을 당했기에 그에 대해 보복을 했을 뿐이오.

자, 여러분, 이렇게 애원하오. 나를 도와주시오. 내 비록 이렇게 몰골이 추하나 나를 업신여기지 마시오. 나는 성스럽고 경건하오. 또한 아폴론 신께서 말씀하셨듯이 나는 그대들을 복되게 하기 위해 이곳에 왔소. 당신들의 왕이 이곳으로 오시면 당신들은 모든 이야기를 들을 수 있을 것이며 모든 것을 알게 될 것이오. 그때까지 그대들만의 판단으로 잘못을 저지르지 않기 바라오.”

오이디푸스의 이야기를 들은 원로들은 서로 모여 상의를 했다. 상의를 끝낸 후 그들의 대표가 오이디푸스를 향해 말했다.

“좋소. 기다리겠소. 실은 우리에게 당신 소식을 전한 사람이 이미 우리 왕께 당신 이야기를 하러 갔소. 왕께서는 당신이 누구인지 아실 것이오. 그리고 한걸음에 이리로 달려오실 것이오. 함께 우리 테세우스 왕께서 오시기를 기다립시다."

오이디푸스와 안티고네, 그리고 콜로노스의 원로들은 아테네 왕 테세우스가 오기만 기다리고 있었다. 그때였다. 갑자기 안티고네가 큰 소리로 외쳤다.

"아니, 아버지! 저게 누구예요? 저기 망아지를 타고 오는 여자가 보이세요? 어머, 이스메네예요. 아버지의 둘째 딸이자 제 동생 이스메네요!"

"얘야, 너 지금 무슨 소리를 하는 거냐? 이스메네가 여길 어떻게 온단 말이냐?"

"아버지, 틀림없이 이스메네예요. 아, 저 애가 무슨 소식을 전하려고 여기까지 왔을까?"

잠시 후 이스메네가 아버지와 언니, 콜로노스 사람들이 앉아 있는 곳으로 와서 망아지에서 내리더니 오이디푸스의 품으로 뛰어들었다.

"아, 아버지! 그리고 언니! 얼마나 그리웠는지 몰라요. 정말로 보고 싶었는데 눈물이 앞을 가려 보이지가 않아요."

오이디푸스가 감격에 겨운 목소리로 말했다.

"오, 내 딸아! 진정 내 딸이 맞느냐? 어디 손 한번 잡아보자."

그러면서 그는 이스메네를 품에 안았다. 그러자 이스메네가 눈물을 흘리며 말했다.

"아버지, 우리는 왜 이렇게 불행해야 하지요? 우리는 왜 이렇게 비참하게 살아야 해요?"

"나와 네 언니를 말하는 거냐?"

"네. 하지만 저도 비참하게 생활하고 있어요."

테베 궁전에서 잘 지내고 있으리라 믿었던 둘째 딸의 입에서 자신도 불행하다는 말이 나오자 오이디푸스는 가슴이 덜컥 내려앉았다.

"아니, 너도 비참하게 살고 있다니! 도대체 그게 무슨 말이냐? 그래, 오라비들은 잘 지내고 있느냐?"

"아버지, 저도 잘 지내고 있다고 말씀드리고 싶어요. 하지만……"

"하지만 뭐란 말이냐? 하긴 그놈들이 정신이 제대로 박힌 놈들이 아닌 건 내가 이미 알고 있었지. 너희가 지금 하고 있는 고생은 마땅히 그놈들이 해야 하는 것인데 그놈들은 오히려 계집애처럼 집 안에 처박혀 있고 너희 둘이 그놈들 대신 이 고생이로구나.

그래, 언제나 내 걱정을 하고 나를 보살펴준 건 너희 둘이었어. 큰딸아, 너는 겨우 어린 티를 벗자마자 나와 함께 고달픈 길을 함께해주었지. 끼니도 제대로 잇지 못하고 헐벗은 채 숲속을 헤맬 때도, 억수같이 쏟아지는 비와, 내리쬐는 더위에 시달릴 때도 아버지 시중을 들어주었어.

둘째야, 너는 카드모스 집안 사람들 모르게 아버지에 관한 모든 신탁을 알려주었지. 내가 그 땅에서 쫓겨났을 때도 슬피 울면서 나를 위해 충실히 망을 봐주었어.

그래, 이스메네야, 무슨 소식을 이 아비에게 가져온 거냐? 무슨 일로 집을 떠난 거냐? 무언가 긴히 할 말이 있어서 이렇게 어려운 길을 나선 것 아니냐?"

"아버지, 아버지 계신 곳을 찾으려고 얼마나 고생이 많았는지는 말씀드리지 않겠어요. 아버지 마음을 아프게 해드리고 싶지 않으니까요. 하지만 저 불행한 오빠들에게 닥친 어려움은 말씀드리지 않을 수 없어요. 제가 고생하며 아버지를 찾아 헤맨 것도 그 소식을 전하기 위해서였으니까요."

"아니, 내가 떠나온 후에 무슨 일이 있었단 말이냐?"

"아버지, 다 오빠들 욕심 때문에 벌어진 일이랍니다. 제 말씀 좀 들어보세요. 아버지께서 길을 떠나신 후 애당초 두 오빠는 크레온 숙부께 왕위를 맡길 작정이었답니다. 나라가 부정을 탈까봐 염려해서요. 처음에는 우리 집안에 내려진 저주가 어떤 건지 잘 알고 둘 다 냉정했어요. 하지만 곧 마음이 흔들렸죠. 둘 다 왕권에 혈안이 되어 경쟁심에 사로잡힌 거지요.

처음에는 당연히 큰오빠인 폴리네이케스가 왕관을 썼지요. 하지만 작은오빠 에테오클레스가 곧 힘으로 왕위를 빼앗았어요. 숙부와 손을 잡은 거예요. 그러고는 큰오빠를 해외로 추방해버렸어요. 하지만 곧 소문이 들려왔어요. 큰오빠가 아르고스로 가서 용사들을 모으고 다시 카드모스의 땅을 차지하려 한다는 것이었어요. 그리고 오빠가 신탁을 물었다고 했어요."

"신탁을? 그래, 무슨 예언을 들었다고 하더냐?"

"그 땅의 주인이 되기 위해서는 아버지가 살아 계시건 돌아가시건 아버지 힘을 빌려야만 된다는 거였어요."

"나? 나 같은 사람이 무슨 도움이 된다고."

"그들이 힘을 얻고 아니고는 모두 아버지 손에 달려 있다고 했어요. 전에는 아버지께 파멸을 내린 신들께서 이제는 아버지를 이끌어 올려주시는 거예요."

"나는 무슨 소리인지 모르겠다. 이제 조용히 죽을 땅을 찾았을 뿐인데…… 젊었을 때 파멸한 사람을 늙었을 때 끌어올린들 무슨 수가 있다고."

"아버지, 제가 이렇게 아버지를 급히 찾은 건 아버지를 모시려고 크레온 숙부가 아버지를 찾아 나섰다는 사실을 알려드리기 위해서였어요. 숙부는 아마 곧 이곳을 찾아낼 거예요. 작은 오빠와 숙부는 아버지를 테베 근처 교외로 모시려 할 거예요. 아버지가 테베 땅에 발을 들여놓지 못하게 만들면서 동시에 아버지를 손에 넣으려는 거지요. 아버지가 주인 노릇을 못 하시는 곳이면서 동시에 경고를 피할 수 있는 방법이라고 생각하는 거예요."

"경고? 무슨 경고 말이냐?"

"아버지의 장례를 잘 모시지 않으면 화가 닥치리라는 경고지요."

"얘야, 그건 딱히 신탁이 아니라도 당연한 일 아니냐? 그래서 내가 죽으면 테베 땅에 묻어주겠다는 거냐?"

“아니에요, 아버지.”

“그렇다면 일없다. 그놈들은 결코 내 마음을 얻을 수 없어.”

“아버지, 저는 정말 어떻게 해야 할지 모르겠어요. 아버지가 노여움을 품은 채 세상을 떠나시면 그 화가 모두 우리 테베 사람들에게 미친다는 아폴론 신의 신탁을 들었거든요. 델포이 신전에 갔다 온 사람들한테서 똑똑히 들었어요.”

“그렇다면 이스메네야, 내 하나만 묻자. 네 못된 오라비들 중에 누가 그 신탁을 알고 있느냐?”

“둘 다 들어서 알고 있어요.”

짐작했던 사실이지만 정작 딸의 입을 통해 그 이야기를 듣자 오이디푸스는 노여움에 얼굴이 벌게졌다.

“그래, 그걸 알고 있는 놈들이 나를 테베로 데려갈 생각보다는 왕위에 더 홀려 있단 말이냐! 오, 신들이시여! 그들의 싸움을 말리지 말아주십시오! 그 싸움의 결판을 제게 맡겨주십시오! 지금 옥좌에 앉아 있는 자도 그 권세가 길게 가지 못하게 할 것이며 그 자리에서 쫓겨난 자도 다시는 그 자리로 돌아가지 못하게 하겠습니다.

그놈들은 내가 그렇게 욕되게 테베에서 추방당했을 때 아무도 나서서 나를 보호하려 하지 않았지. 내 추방 선고를 아무 말

없이 듣고 있었고 내가 빈털터리로 쫓겨나는 것을 가만히 보고 있었을 뿐이야. 너희는 내가 스스로 원해서 추방의 길을 택했다고 하겠지. 하지만 그렇지 않다. 아, 그날! 모든 것을 알게 된 바로 그날! 나는 그저 간절히 죽고만 싶었다. 누군가가 나를 돌로 쳐서 죽여주길 간절히 원했다. 내 저주스러운 운명을 거기서 끝내고 싶었다. 하지만 누구 하나 내 소원을 들어주지 않았어.

그렇지만 세월이 흐르자 생각이 바뀌었다. 괴로움도 누그러졌고 내가 지은 죄의 벌도 충분히 받았다고 생각했어. 내가 저지른 일은 내가 아무것도 모르고 한 짓이었다. 비록 내가 저질렀지만 내가 원해서 저지른 일은 없었어. 나는 아버지를 죽였지만 내가 그러지 않았다면 그들이 나를 죽였을 거라고 생각했다.

그런데 정작 내게서 테베를 떠나겠다는 생각이 사라졌을 때 내 나라가 나를 억지로 쫓아낸 거야. 내 아들놈들은 충분히 아비를 도울 수 있었다. 그러나 그놈들은 그러지 않았다. 그놈들이 아무 말 없이 침묵을 지키고 있었기에 나는 영영 내 나라에서 쫓겨나 비렁뱅이로 떠돌아다녀야만 했어.

그놈들은 결국 제 아비와 왕 자리를 맞바꾼 거야. 왕 자리가 탐나서 아비를 추방한 거야. 나는 그놈들과 결코 한편이 될 수 없다. 설사 내가 카드모스 땅을 다시 지배하게 되더라도 그럴 수 없어. 나는 아폴론 신이 내게 내린 예언을 충실히 따를 뿐이다. 그게 내 운명이야. 크레온이건 누구건 나를 찾아오라고 해! 나는 꿈쩍도 않을 것이다."

이어서 오이디푸스는 콜로노스 사람들을 향해 말했다.

"여러분, 저를 받아주고 옹호해주시길. 만일 당신들이 나를 받아주고 당신들과 함께하시는 여신들의 힘을 빌려준다면, 이 나라에 큰 도움이 될 것이오. 아폴론 신께서 그렇게 말씀하셨기 때문이오."

그러자 원로들의 우두머리가 나서서 말했다.

"당신과 당신의 딸들은 정말 불쌍한 사람들이오. 더욱이 당신이 원하는 대로 하면 이 나라에 도움이 된다니 내 말해주겠소. 당신이 우리와 '무서운 여신들'의 보호를 받으려면 우선 여신들께 제사를 드려야 하오."

오이디푸스가 기꺼이 그러겠다고 하자 노인이 절차와 방법을 일러주었고 눈이 안 보이는 오이디푸스 대신 딸들이 제사를 치르러 갔다.

오이디푸스의 딸들이 제사를 치르기 위해 숲 저편으로 사라진 지 얼마 되지 않아 멀리서 뽀얗게 흙먼지가 이는 게 보였다. 그 모습을 보고 콜로노스 노인이 말했다.

“오, 저기 우리의 왕, 아이게우스의 아드님이신 테세우스께
서 오고 계시오.”

사람들이 쳐다보니 과연 테세우스가 병사들을 거느리고 전
차를 타고 오는 모습이 보였다.

잠시 후 그곳에 도착해 전차에서 내린 테세우스가 오이디푸
스를 보자 예를 표한 후 말했다.

“오, 불운한 오이디푸스. 내 그대의 불행한 이야기는 이미 들
어서 잘 알고 있소. 그리고 당신이 내게 무언가 간청하고 있다
는 이야기도 이미 들었소. 나도 당신과 마찬가지로 내 나라 밖
에서 자란 사람이오. 누구 못지않게 남의 나라에서 온갖 위험
을 무릅쓰고 싸움도 했소. 그러니 당신 같은 다른 나라 사람의
청이라 할지라도 외면하지 않소. 나도 인간이기에 내 운명이
어찌될지 알 수 없는 처지인데 어찌 당신 같은 사람의 청을 거
절할 수 있겠소.”

“테세우스 님, 과연 명성대로 너그러우시고 자애로우십니다.
당신 같은 분에게 길게 이야기할 것도 없겠습니다. 내가 누구
인지는 잘 알고 계시니 내 소망을 말하도록 하겠습니다. 사실
은 아주 간단합니다. 이 비참한 몸을 당신께 선물로 드리려 하
니 받아주십시오. 보기에는 신통치 않은 선물이지만 그로 인해

얻을 것은 적지 않다고 감히 말씀드립니다.”

“얻을 것이 있다? 그래, 내가 무엇을 얻을 수 있단 말이오?”

“머지않아 아시게 될 것입니다. 하지만 아직은…….”

“그게 언제인지는 말씀해주실 수 없소?”

“내가 세상을 떠나고 당신이 나를 묻어줄 때입니다.”

“좋소. 더 이상 묻지 않겠소. 그 대가로 당신이 바라는 건 너무 작지 않소? 내가 당신을 받아들이기만 하면 된다니.”

“하지만 생각만큼 간단한 일이 아닙니다. 내 아들들의 나라와 사이가 갈라질 수도 있는 일이니까요. 내 아들들이 나를 그곳으로 데려가려 하기 때문이지요. 나는 자식들 손으로 그 나라에서 쫓겨난 신세고 아버지를 죽인 죄 때문에 다시 돌아갈 수 없는데 다시 데려가려 한답니다.”

“무슨 이유로 당신을 데려가려 하는 거요?”

“신께서 그들에게 그럴 수밖에 없도록 만들었기 때문입니다.”

“갈수록 알 수가 없군요. 도대체 그들이 무엇을 두려워하는 건지. 내가 그 이유도 모르면서 그들과 반목할 수 있소?”

“오, 내 친구, 아이게우스의 아드님. 오직 신들만이 늙지도 죽지도 않을 뿐 그 밖의 모든 것들은 시간의 힘에 굴복하고 맙니다. 왕성한 땅의 기운도 쇠퇴하기 마련이며 몸 또한 그렇습니다. 아무리 강한 믿음도 언젠가는 약해지고 불신이 싹틉니다. 아무리 친한 사이라도, 아무리 가까운 나라 사이라도 한결같은 마음을 지닐 수는 없지요. 길고 짧은 시간의 차이는 있을지언정 즐거움은 괴로움으로 바뀌고 그것이 사랑으로 변하기도 합니다.

테베와 아테네 사이도 이와 같습니다. 사이가 아무리 좋다 해도 언젠가 반목하게 될 것이며 하찮은 일로 원수가 될 수도 있습니다. 그사이 땅속에서 잠들어 있는 내 시체가 테베의 뜨거운 피를 빨아먹게 될 것입니다.

위대한 왕이여! 이제 그 뒤 이야기는 덮어두기를 허락해주시기 바랍니다. 아폴론 신의 말씀에 거짓이 없는 한 이 땅에 나 오이디푸스를 받아들인 것이 결국 이로운 일이었음을 아시게 될 것입니다.”

“오이디푸스! 그대의 호의를 받아들이겠소. 나는 그대를 이 나라 사람으로 받아들이겠소. 자, 당신은 이곳에 계속 머물러 지내겠소, 아니면 나와 함께 가겠소? 만일 당신이 이곳에 계속 머물겠다면 당신을 지켜주라고 여기 사람들에게 명령하겠소”

“저는 이곳에서 지내며 나를 쫓아낸 놈들을 파멸시키겠습니다.”

“좋소. 내 분명히 약속하오. 만일 그들이 힘으로 당신을 데려가려 한다면 절대 그러지 못하게 막을 것이오. 내가 이곳에 없다 할지라도 이곳 사람들이 나의 이름으로 당신을 지켜줄 거요.”

말을 마친 테세우스는 다시 전차에 올라 떠났다.

그렇게 테세우스의 허락으로 그곳에 살면서 오이디푸스는 참으로 오랜 만에 행복을 느꼈다. 그곳은 진정으로 찬미받을 만한 곳이었다. 꾀꼬리가 쉴 새 없이 찾아와 그늘 속에서 우짖었으며 수선화, 사프란 등 온갖 꽃들이 만발했고 영원히 마르지 않는 샘물이 넘쳐흘러 대지를 적시고 있었다. 그곳은 술과 축제의 신 디오니소스, 제 얼굴에 반한 나르키소스, 음악의 신 뮤즈, 사랑의 신 아프로디테가 즐겨 찾는 곳이었으며 신들의 신 제우스와 아테나 여신이 지켜주는 곳이었다. 또한 바다의 신 포세이돈이 하루에 천리를 달릴 수 있는 준마와 아름다운 바다를 이곳에 선사했다.

　오이디푸스와 안티고네는 진심으로 그곳을 찬미하며 지냈

다. 지난 세월 떠돌이 생활과는 비교할 수 없을 정도로 안온하고 행복한 세월이었다.

하지만 그렇게 안온한 생활은 그리 오래갈 수 없었다. 어느 날, 둘째 딸 이스메네가 말한 대로 오이디푸스가 그곳에 있다는 것을 기어코 알아낸 크레온이 많은 병사들을 이끌고 찾아온 것이다.

크레온이 나타나자 오이디푸스와 딸들의 보호 임무를 맡은 콜로노스 병사들이 경계 태세를 갖추었고 오이디푸스도 긴장했다. 크레온은 병사들과 함께 콜로노스 사람들과 오이디푸스 앞에 나타나 말했다.

"이 땅에 살고 있는 귀한 여러분! 내가 갑자기 이곳에 나타났으니 경계하는 것이 당연하지만 겁낼 필요 없습니다. 나는 이 세상에서 가장 강한 나라에 내가 들어왔음을 잘 알고 있습니다. 게다가 나는 늙었습니다. 나는 그대들과 싸우기 위해 이곳에 온 것이 아닙니다. 다만 저분과 함께 카드모스로 돌아가기 위해 명령을 받고 왔을 뿐입니다. 나는 심부름꾼으로 이곳에 왔습니다. 한 사람의 심부름꾼으로서 온 것이 아니라 우리나라 전체의 심부름꾼으로서 이곳에 온 것입니다.

자, 오이디푸스, 어서 내 말대로 함께 집으로 돌아갑시다. 카드모스의 모든 시민들이 당신을 부르고 있습니다. 모두 당신의 불행을 슬퍼하고 있습니다. 당신은 늙은 몸으로 딸 하나에 의지하여 세상을 떠돌고 있습니다. 끼니도 제대로 잇지 못하는 불운한 방랑자가 되어 헤매고 있습니다. 게다가 당신의 딸도 당신을 돌보며 함께 비참한 생활을 하고 있습니다. 저 좋은 나이에 시집갈 생각조차 못 하고 언제 어떤 변을 당할지 모를 처지에 있습니다.

당신이 겪은 불행은 곧 우리 집안의 불행입니다. 당신이 겪은 부끄러운 일은 우리 모두에게 부끄러운 일입니다. 이미 훤히 드러난 부끄러운 그 일을 감출 도리는 없습니다. 조상신들께 기도하고 간청하여 그분들이 덮어주시기를 바라는 수밖에 없습니다.

그러니, 오이디푸스! 예의를 갖추어 이 나라와 작별한 후 당신을 키워준 소중한 고향으로 돌아갑시다.”

그러자 오이디푸스가 큰 소리로 외쳤다.

“이 음흉한 놈아! 그럴듯한 핑계를 대며 간교한 잔꾀를 부리다니! 이제 이곳에서 평온히 찾아올 죽음의 신을 기다리고 있는데 어째서 또 고통에 빠뜨리려는 거냐! 지난날 내가 자초한 불행에 신음하며 나라에서 쫓겨나기를 간절히 원할 때는 네놈은, 네놈들은 내 소원을 들어주지 않았다. 그 후 마음이 가라앉아 내 집에서 지내는 것이 즐거워졌을 때 네놈은 나를 내쫓았다. 네놈이 말했듯이 내 불행을 우리 집안의 불행으로 생각했다면 절대 하지 않았을 짓을 했다. 그런데 이제 겨우 이 나라 지도자와 온 백성이 내게 호의를 가지고 나를 받아들이려 하니까 감언이설로 나를 꾀어내려 해!

네가 내게 친절을 베풀어? 마음에 거슬리는 친절이 어찌 친절일 수 있단 말이냐! 간절히 바랄 때는 아무것도 해주지 않다가, 그 소원이 이루어져 아무것도 원하는 것이 없어지니까 원하던 것을 해주겠다고? 네가 딱 그 꼴이 아니냐! 말로는 그럴듯하지만 그 안에 무슨 속셈이 들어 있는 게 너무 뻔하구나!

이 악당아! 내가 네 속셈을 모를 줄 아느냐? 그 속셈을 내가 드러내주면 너 스스로도 자신이 얼마나 악당인지 잘 알게 될 것이다. 나를 네 나라로 데려가겠다고? 내가 모를 줄 아느냐! 그냥 국경 가까운 데 두고서 네 나라가 당할 봉변이나 면하려는 것 아니냐? 그러나 원하는 대로 되지는 않을 거다. 그것이 너희의 운명이다. 그 땅, 그곳에 들러붙어 있는 나의 저주다. 내 자식 놈들은 거기서 죽어서 자기 몸을 눕힐 만큼의 땅만 갖게 될 것이다.

자, 이제 포기하고 돌아가라. 테베의 운명에 대해서는 내가 너보다 훨씬 더 잘 알고 있다. 제우스 신과 그분의 아들 아폴론 신께서 내게 알려주셨기 때문이다. 그러니 더 이상 얄팍한 입술로 거짓말을 지껄이지 마라. 재앙만 더 얻을 뿐이니까.

가거라! 어서 꺼져! 네 눈에는 비참해 보일지 몰라도 나 스스로 만족하고 있는 이곳의 내 삶을 방해하지 마라!"

그러자 크레온의 입가에 묘한 웃음이 떠올랐다.

"허, 스스로 무덤을 파고 있군. 과연 당신 말대로 될까? 그 나이가 되도록 철이 안 들다니! 그 나이에 또 욕을 보겠다는 건가?"

"어리석은 소리 하지 마라! 여기 콜로노스 사람들이 나를 지켜주고 있다."

"참으로 잘들 지켜주고 있군. 어디 당신 딸들이 어디 있는지 한번 찾아보시지."

오이디푸스는 아뿔싸! 하면서 주위를 둘러보았다. 딸들의 모습이 보이지 않았다. 콜로노스 사람들은 오이디푸스 호위에만 신경 쓰다가 크레온의 병사들이 안티고네와 이스메네에게 몰래 다가가 입을 막은 채 끌고 가는 것을 보지 못한 것이다.

크레온은 자기 병사들에게 명령했다.

"자, 어서 오이디푸스의 두 딸을 데려가라. 나는 이 노인을 내 힘으로 끌고 가겠다."

그러자 크레온의 병사들과 콜로노스 병사들 사이에 전투가 벌어졌다. 그런데 크레온이 예상보다 많은 수의 병력을 데리고 왔기에 오이디푸스를 보호하는 병사들이 곧 뒤로 밀렸다. 크레온은 오이디푸스에게 다가가 그의 손을 잡아채며 끌고 가려 했다. 일촉즉발의 순간이었다.

그때였다. 함성소리가 들렸다. 마침 콜로노스의 바닷가에서 포세이돈 신께 제사를 드리고 있던 테세우스 왕이 긴급 전갈을 받고 달려온 것이다.

그곳에 도착한 테세우스가 큰 소리로 호통을 쳤다.

"도대체 이게 무슨 소란이냐! 경건하게 제단에서 바다의 신께 제사를 드리고 있는 나를 누가 방해하는 거냐?"

그 소리를 들은 오이디푸스가 반가운 목소리로 말했다.

"오, 이건 바로 내 친구의 음성이 아닌가? 내 친구 테세우스, 어서 도와주시오. 저놈이 내 딸들을 납치해갔소. 저기 보이는 저 크레온이란 놈이!"

즉시 사태를 파악한 테세우스가 옆에 있던 부하에게 명령했다.

"지금 바로 바닷가 제단으로 달려가라. 모두 제사를 멈추고

지름길을 통해 큰길 길목으로 달려가게 하라. 보호해주겠다고 해놓고 그 처녀들을 놓치면 나와 내 나라는 정녕 웃음거리가 되리라! 나는 여기서 이놈을 혼내주어야겠다."

이어서 테세우스는 크레온에게 호통을 쳤다.

"네놈이 직접 내 눈앞에 그 처녀들을 내놓기 전에는 너를 결코 이 땅 밖으로 내보내지 않을 것이다! 네놈은 나와 내 나라에 대해, 또 네 족속에 대해 불명예스러운 짓을 저질렀다. 정의를 존중하는 나라, 매사에 법을 따르는 나라에 와서 그 나라의 법과 권위를 무시하고 폭력으로 사람을 납치하다니! 이곳이 너희의 노예 나라란 말이냐! 이곳에는 사람이 없는 줄 아느냐!

이놈! 내가 만약 네 땅에 발을 들여놓는다면, 비록 정당하고 절박한 이유가 있다 할지라도 네놈 나라의 통치자 허락 없이는 그 누구도 빼앗거나 끌고 가지는 않을 것이다. 그런데 네놈이 감히 이따위 짓을 해!

다시 말하지만 그 처녀들을 빨리 이곳에 데려다놓아라. 만약 그러지 않으면 네놈까지 이곳에서 꼼짝 못 하게 하겠다."

그러나 크레온은 순순히 물러나지 않았다. 그가 큰 소리로 테세우스에게 외쳤다.

"늘 존경하던 아이게우스의 아드님! 제가 이 나라를 업신여기거나 사람이 없다고 생각해서 그런 짓을 저질렀다고 보십니까? 아닙니다. 이 나라 사람들이 내가 데려가고자 하는 사람에게 이토록 깊은 애정을 보일 리 없다고 생각했기 때문입니다. 게다가 그는 자기 동족인 우리에게 너무 심한 모욕을 했습니다.

아테네의 지도자인 테세우스 님! 아버지를 죽인 더러운 자, 어머니와 결혼해서 아이를 낳은 부정한 자를 받아들이시려는 겁니까? 이 땅에는 그토록 지혜로운 심판이 열린 아레스의 언덕이 있습니다. 저는 이 땅에서 그런 죄를 지은 부랑자를 받아들이지 않으리라는 것을 알기에 저 사람을 데려가려 한 것입니다.

그러니 당신 뜻대로 하십시오. 만일 내 말이 그르다면 저 사람을 끝까지 보호해주시고 그렇지 않다면 순순히 내주십시오. 내 비록 늙어 힘은 없지만 이대로 물러갈 수는 없습니다."

그러자 그 말을 듣고 있던 오이디푸스가 호통을 쳤다.

"이 철면피야! 내가 너를 모욕했다고? 고통을 당한 게 과연 너냐 아니면 나냐? 내가 살인을 하고 근친상간을 했다고? 그것이 어디 내 본심에서 저지른 죄냐? 일부러 저지른 잘못이냐? 무슨 이유인지 모르지만 우리 집안에 대해 노여움을 갖고 있던 신들이 원해서 그렇게 된 것이다.

자, 말해봐라! 나는 아버지를 죽일 운명을 갖고 태어났다는 신탁을 받았다. 그렇지만 그것이 아직 어머니 뱃속에 생명을 갖고 깃들지도 않았던 나의 죄란 말이냐? 자신이 무슨 짓을 하는지도 모르고 아버지를 죽인 나는 불쌍한 존재냐, 아니면 도저히 용서받지 못할 죄인이냐? 내가 어머니와 결혼했다고? 그렇다. 나는 어머니와 결혼해서 아이들을 낳은 게 더없이 부끄럽다. 그러나 내가 자진해서 그분을 아내로 삼았느냐? 다 신의 뜻으로 그리된 것 아니냐?

그런데 너는 그분과 나를 죄인으로 몰아붙이고 있다. 아무것도 모르는 채 자식과 결혼한 그분을, 너의 누이를 동정하지는 못할망정 더럽다고 침을 뱉고 있다.

내가 한 가지 묻겠다. 지금 이 자리에서 누군가 너를 죽이려 한다면 너는 그에게 '당신이 내 아버지 아닌가요?'라고 물어볼 테냐? 너도 목숨이 아까우니 그에게 죽기 살기로 덤벼들 것이다. 내 비록 아버지를 살해하는 죄를 지었지만 설사 아버지의 혼령이 이 자리에 오신다고 해도 내 판단이 틀렸다고는 하지 않으실 거다. '나라도 그렇게 했을 것이다'라고 말씀하실 거다.

그런데 너는 그 모든 것들을 무시하고 내게 비난과 저주와 욕설을 퍼부었다. 너야말로 신성모독죄를 범한 것이 아니냐? 네놈이 아무리 이 나라를 향해 열심히 아부의 입을 놀리고 칭찬을 해댄다고 해도 신들을 가장 경건히 모시는 이 나라 사람들의 마음을 움직이지는 못할 것이다."

오이디푸스의 말이 끝나자 옆에서 듣고 있던 콜로노스의 원로 대표가 테세우스에게 말했다.

"전하, 제가 저 오이디푸스 님과 오래 대화를 나누었습니다. 그는 지혜로우며 언제나 옳은 말만 했습니다. 비록 비참한 운명을 타고났지만 저희가 도와줄 만한 자격을 갖춘 사람입니다."

그러자 테세우스가 검을 높이 쳐들고 외쳤다.

"더 이상 말은 필요 없다! 어서 저들을 물리치고 오이디푸스의 두 딸들을 찾아오라! 오이디푸스, 안심하시오. 내가 먼저 죽지 않는 한 따님들을 되찾을 때까지는 절대 물러서지 않을 것이니!"

이에 크레온은 황급히 말머리를 돌리더니 부하들과 함께 해변을 향해 도망가기 시작했고 테세우스는 병사들을 이끌고 그 뒤를 쫓았다.

그들이 일제히 달려가는 소리를 듣고 오이디푸스가 기도하는 자세로 말했다.

"테세우스, 당신의 자상한 배려에 신들의 은총이 내리시리라!"

오이디푸스가 초조하게 기다린 지 얼마나 되었을까, 그와 함께 있던 콜로노스 원로가 말했다.

"방랑자여, 그대의 기도를 신이 들어주셨소. 당신 딸들이 병사들의 호위를 받으며 저기 오고 있소."

"오, 정말이오? 어디, 어디 오고 있소?"

잠시 후 안티고네와 이스메네가 테세우스와 신하들과 함께 오이디푸스가 있는 곳으로 왔다. 아버지를 보자 두 딸은 아버지를 포옹했다. 안티고네가 오이디푸스에게 말했다.

"아버지, 이 거룩하신 분이 저희를 아버지께 데려다주셨어요."

그러자 오이디푸스가 눈물을 흘리며 말했다.

"내 사랑하는 딸들이 돌아왔구나! 이제 너희가 곁에 있으니 나는 죽더라도 구원을 받은 셈이다."

이어서 그는 테세우스에게 말했다.

"나의 다정한 친구! 딸들이 너무 반가운 나머지 예의를 잃었소. 이 기쁨이 바로 당신 덕분임을 모를 리 없으면서! 아무쪼록 신들의 축복이 언제나 그대와 함께하시기를!"

"내가 그대의 기쁨을 어찌 모르겠소. 따님들과 먼저 이야기를 나누었다고 해서 전혀 이상하지 않소. 그런 일로 기분이 상할 정도로 나는 속 좁은 사람이 아니오. 난 당신과 한 약속을 행동으로 지킨 것뿐이오. 따님들을 아무 상처 없이 고이 데려 올 수 있어서 다행이오.

그런데 돌아오는 길에 이상한 사람을 하나 보았소. 보아하니 당신 나라 사람 같던데, 내가 제사를 지내다 온 포세이돈 제단에 엎드려 기도를 하고 있었소."

"그래요? 무슨 기도를 하는지 들어보았습니까?"

"내가 들은 건 딱 하나뿐이오. 당신을 만나 이야기를 나누어 볼 수 있기를 기도하고 있었소. 그래서 이 이야기를 해주는 것이오. 혹 누구인지 짐작되는 사람 없소?"

"오, 왕이여! 누구인지 알겠습니다. 바로 내 자식 놈입니다. 목소리만 들어도 미움이 치솟는 내 자식 놈이오. 나는 그놈을 절대로 만나지 않을 겁니다."

"자식이 그렇게 밉다고요? 아무리 그렇더라도 자식은 자식 아니오? 그는 당신을 만나게 해달라고 포세이돈 신께 탄원했소. 그대에게 신을 공경하는 마음이 있다면 그의 탄원을 들어 주어야 하지 않겠소?"

오이디푸스가 아무 말이 없자 안티고네가 입을 열었다.

"아버지, 제 말씀 좀 들어주세요. 저희를 생각해서라도 오빠를 이리로 불러서 한번 만나주세요. 오빠가 무슨 말을 하든 아버지 결심을 바꿀 수는 없을 거예요. 아버지, 말만 듣는 게 무슨 해가 되겠어요? 오빠가 아무리 고약한 짓을 했다 하더라도 아버지 자식이잖아요. 아버지, 옛일을 생각해보세요. 아버지께서 감추어진 진실을 아시고 얼마나 절망하고 분노했던가를. 그리고 분노가 얼마나 좋지 않은 결과를 만들어내는지를 생각해보세요.

아버지, 제발 분노를 가라앉히고 허락해주세요. 자식이 아버지를 만나고 싶어하는 건 정당한 소원이랍니다. 그런 소망을 품은 자식을 너무 애태우지 마세요.”

그러자 오이디푸스가 말했다.

“애야, 너는 나를 설득해서 기쁘겠구나. 하지만 내게 그 기쁨은 쓰라리단다. 그래, 너희 좋을 대로 해라. 내 친구여, 그 녀석이 여기 오는 것은 좋으나, 곁에 내 목숨을 노리는 자가 없도록 해주시길 부탁드리오.”

“오이디푸스, 그런 약속은 단 한 번으로 족하오. 두 번 다시 입 밖에 낼 것 없소. 신들께서 내 목숨을 지켜주시는 한 당신 목숨도 안전할 것이오.”

테세우스 왕은 전령을 포세이돈 신전으로 보내 기도를 하던 사람을 불러오게 한 후 아테네 궁전으로 돌아갔다. 기도하던 사람은 오이디푸스의 짐작대로 큰아들 폴리네이케스였다.

폴리네이케스는 아버지를 보자 무릎 꿇고 눈물을 흘리며 말했다.

"아, 아버지! 제 신세를 한탄하러 이렇게 찾아왔건만 직접 뵈니 아버지의 불행 앞에 드리려던 말씀이 차마 입에서 나오지 않습니다. 이런 낯선 땅에서 이렇게 고생하고 계시다니! 누더기 옷을 입으신 채, 더러운 때가 켜켜이 쌓여 몸에 눌어붙어 있고, 빗질 한번 받아본 적 없는 머리카락이 바람에 흩날리고 있군요! 아버지 모습을 보니 그동안 얼마나 굶주리셨는지 보지 않아도 알겠습니다!

아, 저는 얼마나 괘씸한 놈인지! 여태까지 이런 줄 모르고 있었다니! 그러나 아버지! 제우스 신께서 하시는 일 옆에는 언제나 자비의 여신이 함께하고 계십니다. 아버지 옆에 그 여신께서 다가오시길 아들인 제가 빌겠습니다."

그러나 오이디푸스는 아들 말을 들었는지 못 들었는지 등을 돌린 채 가만히 꿈쩍도 않고 있었다. 폴리네이케스는 다시 말했다.

"아버지, 어째서 가만히 계시는 건가요? 제발 말씀을 좀 들려주십시오. 제발 고개를 돌려주십시오. 왜 그렇게 화가 나셨는지 아무 말씀도 안 하시고 저를 쫓아내시려는 건가요?"

이어서 그는 여동생들을 향해 말했다.

"사랑하는 동생들아. 신께 탄원까지 하면서 이렇듯 어렵게 아버지를 만나 뵐 수 있게 되었는데, 한마디 말씀도 못 듣고 쫓겨나지 않게 해다오. 너희가 굳게 다문 아버지의 입이 열릴 수 있게 해다오."

그러자 안티고네가 말했다.

"가엾은 오라버니, 오라버니가 아버지께 무엇을 원하는지 직접 말씀드리세요. 오라버니가 드리는 말씀 중에 기쁜 일, 화나는 일, 불쌍한 일이 있다면 아버지 마음이 움직여 입을 여실지 모르니까요."

"그래, 네 말이 옳다. 그럼 아예 터놓고 말씀드려야겠다. 아버지, 우선 제가 어떻게 해서 이 나라에 오게 되었는지 자초지종을 말씀드리겠습니다.

저는 조국에서 추방되었습니다. 아버지께서 앉아 계시던 절대자의 자리를 장남의 권리로 요구했기 때문입니다. 그러자 동생 에테오클레스가 저를 아예 나라 밖으로 쫓아냈습니다. 저와 논쟁을 벌여 이긴 것도 아니고 힘이나 재주로 저를 누른 것도 아닙니다. 온 백성을 감언이설로 꼬드겨서 자기편으로 만들었습니다.

조국에서 추방된 저는 아르고스로 갔습니다. 그리고 아드라스토스를 장인으로 삼고, 펠로폰네소스 땅에서 이름 높은 무사들을 제 동맹자로 만들었습니다. 그리하여 테베로 향하는 일곱 갈래의 군대를 결성했습니다. 그 무도한 놈들을 우리 땅에서 몰아내기 위해서요. 모두가 두려움을 모르는 용맹한 장수들이고 용맹한 병사들입니다.

제가 이렇게 아버지를 뵈러 온 것은 아버지께서 제 편을 들어주십사 부탁드리기 위해서입니다. 형을 몰아내고 나라를 빼앗은 못된 동생을 벌하려는 저를 향한 노여움을 풀어주시라고 부탁드리기 위해서입니다. 아버지께서 편드시는 쪽이 반드시 이긴다고 신께서 예언하셨기 때문입니다.

아버지, 저도 아버지처럼 추방된 자고 거지입니다. 저나 아버지나 남들의 온정에 기대어 살고 있습니다. 그런데 그놈은 왕좌에 앉아 아버지와 저를 비웃고 있습니다. 아버지께서 저를 도와주시기만 하면 단번에 그놈을 물리칠 수 있습니다. 그놈을 물리치면 아버지를 편히 집에 모시겠습니다. 아버지, 아버지께서 저와 마음을 합하신다면 모든 것을 이룰 수 있지만, 도와주시지 않는다면 저는 목숨을 부지하기 어렵습니다."

그래도 오이디푸스가 외면한 채 아무 말이 없자 원로 노인이 나서서 말했다.

"오이디푸스, 이 사람을 이리로 불러오게 한 분의 얼굴을 봐서라도 무슨 말이라도 해주십시오. 만일 그를 돌려보내더라도 그게 정당하다는 사실을 말로써 설득해주십시오."

그러자 오이디푸스가 드디어 입을 열었다.

"이놈을 이곳으로 불러오신 분이 테세우스 왕이 아니었다면 이놈은 결코 내 목소리를 듣지 못했을 거요. 내가 말은 해주겠지만 이놈은 그 말을 들은 후 자신이 얼마나 불행한 처지에 있는가를 더 확실히 확인하게 될 뿐이오."

오이디푸스는 큰아들 폴리네이케스가 있음 직한 곳으로 보이지 않는 눈길을 던지며 말했다.

"이 고약한 놈 중의 고약한 놈아! 뚫린 입으로 말은 잘하는구나! 내가 이런 옷을 입고 테베에서 쫓겨나도록 한 놈이 도대체 누구였느냐? 지금 네 동생이 쥐고 있는 권력을 네가 쥐고 있을 때 내가 쫓겨나지 않았더냐? 그런 놈이 자기가 궁지에 빠졌다고 내 옷을 보고 눈물을 흘려? 그래, 그때는 왕 자리가, 왕의 권력이 아무것도 보이지 않게 만들더냐?

이제 눈물이나 흘릴 때는 지났다. 살아 있는 한 나는, 나를 죽인 놈은 바로 네놈이라고 다짐하며 견딜 것이다. 나를 이런 수렁에 빠지게 한 놈은 바로 네놈이야. 떠돌아다니면서 한 끼, 한 끼 구걸로 연명하게 만든 것도 바로 네놈이야. 착한 딸들이 없었다면 나는 이미 저세상 사람이 되었을 거다. 지금도 나는 두 딸 덕분에 살아가고 있다. 그런데 네놈들은? 네놈들은 이미 남이지 내 자식이 아니다.

너와 동맹을 맺은 군대가 테베를 향해 진군하고 있다고? 그렇다면 너는 지금과 다른 운명의 신을 맞이해야 할 것이다. 그 나라가 쓰러지는 대신 네놈과 네 동생이 피투성이가 되어 쓰러질 것이다. 나는 네 편도 아니고 네 동생 편도 아니다. 나는 내 저주 편이다. 제발 나의 저주가 실현되어, 아버지가 소경이라고 해서 자식들에게 업신여김당하는 일이 없기를 바랄 뿐이다. 그런 자들이 신께 어떤 벌을 받는지 보여주기를 바랄 뿐이다. 정의의 여신 디케께서 율법을 가슴에 안은 채 제우스 신 옆에 앉아 있는 한 너의 탄원도, 네가 차지하려는 왕위도 내 저주 앞에서는 맥을 추지 못할 것이다.

그러니 물러가라, 이 흉측한 놈아! 내 저주를 뒤집어쓰고 어서 돌아가라! 너는 네 동족의 땅을 창칼로 정복하지 못할 것이다! 너는 아르고스로 돌아가지 못할 것이다! 너는 너와 피를 나눈 자의 손에 죽고, 너는 너를 쫓아낸 자를 죽일 것이다!

어서 가라! 가서 네 동맹자들에게 전해라! 눈먼 오이디푸스가 자식들에게 이런 상을 나누어주었다고 전해라!"

아버지의 냉혹한 저주를 들은 폴리네이케스는 절망하여 외쳤다.

"아, 모든 것이 허사구나! 하지만 이제 와서 군대를 되돌릴 수는 없는 일, 나는 내 운명을 고이 맞이할 것이다!"

이어서 그는 누이동생들에게 말했다.

"사랑하는 내 누이들아! 아버지의 이 냉혹한 저주 앞에서 너희에게 부탁한다. 아버지의 저주가 이루어지고 너희가 고국으로 돌아갈 수 있게 된다면 나를 묻어 장례를 치러다오. 그러면 너희는 불행한 아버지를 위해 고행을 마다 않은 일 못지않은 칭송을 받을 것이다."

안티고네는 오빠에게 제발 군대를 되돌리고 동생과 싸움을 그만두라고 간청했다. 그러자 폴리네이케스가 말했다.

"사랑하는 동생아, 이제 와서 그럴 수는 없다. 나는 나라에서 쫓겨나는 치욕을 당했다. 그것도 장남인 내가 동생한테 당한 치욕이다. 이대로는 얼굴을 들고 살 수가 없어."

안티고네가 다시 말했다.

"그렇다면 오빠 둘이 서로 싸우다가 죽는다는 아버지의 예언이 이루어져도 좋다는 말인가요?"

"그래. 그러니 더 이상 말리지 마라. 나는 아버지께서 예언한 저주의 길을 갈 수밖에 없다. 아르고스의 군대는 이미 시위를 떠난 화살이다. 그러니 동생아! 내가 죽은 뒤에 내 부탁대로 해주길 바란다. 그러면 제우스 신께서 너에게 복을 내리실 것이다. 자, 이제 그만 나를 놓아다오. 이제 우린 살아서는 못 만나겠구나. 모든 건 운명의 신께 달려 있다. 너희에게는 우리 집안의 불행이 닥치지 않기를 신들께 기원하마."

말을 마친 폴리네이케스는 오이디푸스에게 절을 하고 물러났다. 하지만 오이디푸스는 미동도 하지 않았다.

아들이 물러나자 오이디푸스가 딸들에게 말했다.

"애들아, 너희 옆에 이곳 사람이 있느냐? 누군가 있다면 테세우스 왕을 모셔오라고 부탁 좀 해주겠느냐?"

그러자 안티고네가 물었다.

"아버지, 무슨 일로 그분을 부르시는 거예요?"

오이디푸스가 조용히 말했다.

"내 운명을 내가 알기 때문이다. 제우스 신께서 벼락을 내리시는구나. 위대한 하늘께서 내게 내 운명을 알리고 계시는 거야. 제우스 신께서 내리시는 저 벼락이 나를 데려갈 거다. 내 목숨이 아직 붙어 있는 동안 그분이 내게 베푸신 은혜에 보답해야겠다."

얼마 후 오이디푸스가 자신을 만나고 싶어한다는 전갈을 받은 테세우스가 콜로노스로 왔다. 오이디푸스를 본 그가 말했다.

"무슨 일로 또 나를 부르신 거요? 신께서 천둥과 바람과 비를 내리실 때면 무슨 뜻이 있으신 건데 그대가 나를 부른 건 혹시 신의 뜻을 전하기 위해서요?"

"제 목숨의 저울이 기울고 있기 때문입니다. 죽기 전에 왕과 이 나라에 대해 제가 약속한 것을 지키기 위해 당신을 부른 것입니다."

"오이디푸스, 신께서 그대를 부르신다는 사실을 어떻게 알 수 있단 말이오?"

"테세우스 왕이여, 저 신의 뜻을 전하는 쉴 새 없는 우렛소리와 번갯불을 당신도 보고 있지 않소?"

"그대의 예언이 거짓이었던 적은 없으니 잘 알았소. 그렇다면 내가 어찌해야 할지 말씀해주시오."

"제 죽음의 장소로 당신을 인도하겠습니다. 왕께서는 저를 따라 함께 가시기만 하면 됩니다. 그러면 제가 이 나라에 대대로 보물이 될 것을 선물하겠습니다. 그곳은 오로지 왕과 저 단둘만 가야 합니다. 그곳이 어디 숨겨져 있는지 누구에게도 말씀하시면 안 됩니다. 그러면 저는 그곳에 묻혀 어떤 강력한 방패보다 더 튼튼하게 이 땅을 영원히 보호해드리겠습니다. 그 어떤 이웃나라의 도움보다 훨씬 더 강력한 보호자가 될 것입니다.

금단의 비밀은 말로 더럽힐 수 없습니다. 왕께서 나와 함께 그곳에 가서서 스스로 깨달으면 그 비밀은 영원히 왕의 것이 됩니다. 왕께서는 누구에게도 그 비밀을 발설해서는 안 됩니다.

저 또한 이토록 사랑하는 내 딸들에게 발설할 수 없습니다. 오로지 왕 혼자만 간직하고 있다가 세상을 떠나실 때 왕위를 물려줄 맏아들에게만 밝히십시오. 그렇게 대대로 그 비밀이 전해지게 하십시오.

그대로만 된다면 비록 저 때문에 테베와 불화하더라도 그들로부터 이 나라를 무사히 지킬 수 있을 것입니다. 그러나 신의 노여움을 사지 않도록 조심하시기 바랍니다. 어느 나라건 영원히 신의 노여움에서 벗어날 수는 없습니다. 아무리 현명한 왕이 올바르게 다스리는 나라여도 언젠가는 이웃나라에 아무 까닭 없이 난폭한 짓을 저지르게 되어 있습니다. 그러면 비록 당장은 아니더라도 신들께서는 어김없이 벌을 내리십니다. 아이게우스의 아드님인 아테네 왕이여, 당신은 그런 일을 당하지 않기를 빕니다. 제가 말씀드리지 않더라도 왕께서는 잘 알고 계실 것입니다."

이어서 오이디푸스는 딸들을 향해 말한 후 앞장섰다.

"딸들아. 신께서 나를 재촉하고 계신다. 이제 그만 서둘러야겠구나. 얘들아, 나를 따라오너라. 마지막으로 너희가 해줄 일이 있다. 이제까지는 앞 못 보는 나를 너희가 인도했지만 저 죽음의 신 하데스께 가는 길은 내가 너희보다 잘 안다. 이제부터 내 몸에 손을 대지 말거라. 내가 묻히기로 되어 있는 무덤은 나 혼자 찾아야만 하니."

이윽고 오이디푸스는 콜로노스 근처에 있는 저승으로 통하는 청동 계단으로 그들을 인도했다. 그는 계단을 내려가더니 여러 갈래로 길이 나 있는 곳에서 멈추었다. 그곳에서 대리석 무덤 앞에 앉아 더러운 옷을 벗더니 딸들에게 말했다.

"사랑하는 딸들아! 샘으로 가서 깨끗한 물을 길어다다오. 그리고 나를 깨끗하게 씻겨다오."

딸들은 아버지의 분부대로 곡식과 풍요의 여신 데메테르의 언덕으로 가서 깨끗한 물을 길어와 그를 씻기고 옷을 갈아입혔다.

이어서 오이디푸스가 깨끗한 정화수를 신들에게 바치자 저 하늘에서 제우스 신이 응답하여 우렛소리를 일으켰다. 두려움에 질린 딸들은 아버지 무릎 앞에 엎드려 울었다. 오이디푸스는 두 딸을 가슴에 안고 말했다.

"얘들아, 아비는 이제 너희 곁을 떠난다. 내 모든 것이 끝난다. 이제 더 이상 나를 보살피기 위해 고생하지 않아도 돼. 얘들아, 나는 너희에게 정말 무거운 짐이었어. 그러나 내 한마디 말이 너희의 모든 수고와 고통을 덜어줄 것이다. 그건 바로 '사랑'이다. 나는 비할 데 없이 크나큰 사랑으로 너희를 사랑했다."

아버지와 두 딸은 힘껏 껴안은 채 눈물을 흘렸다. 이어서 울음이 그치고 주위가 조용해졌다. 그때 오이디푸스를 부르는 신의 목소리가 크게 울렸다.

"오이디푸스, 어찌하여 이리 지체하고 있는가?"

오이디푸스는 자신이 신의 부르심을 받고 있음을 알고는 테세우스를 불러서 말했다.

"나의 다정한 친구! 내 딸들을 지켜주겠다고 굳게 서약해주십시오. 내 딸들을 버리지 않겠다고, 내 딸들을 위해 정성을 다하겠다고."

테세우스는 오이디푸스의 딸들에게 오른손을 내밀고 정성을 다해 그들을 지키겠다고 맹세했다. 그러자 오이디푸스는 안심한 듯 딸들에게 말했다.

"애들아, 너희는 어서 이곳을 떠나라. 보아서는 안 될 것을 보거나 들어서는 안 될 것을 들어서는 안 되기 때문이다. 어서 빨리 가도록 해라."

두 딸은 차마 떨어지지 않는 발길을 돌릴 수밖에 없었다. 안티고네는 눈물을 흘리며 탄식했다.

아, 아버지, 아버지와 한날한시에 죽기를 바랐는데!

이제 나 혼자 더 살기를 어떻게 바랄 수 있겠어요!
아버지와 함께할 때는 어떤 고난도 달게 여겨지고
더없이 어려운 일도 까닭 없이 즐거웠는데!
그리운 아버지, 비록 지하에 계시더라도
저와 동생의 사랑은 변함없을 겁니다.
아, 아버지!
아버지가 원하시던 대로 이국땅에서 돌아가시게 되었군요.
불행한 저희는 아버지를 잃은 슬픔을 어떻게 지울 수 있
을까요?
아, 슬프구나! 아버지가 돌아가실 때
정작 내 손으로 아무것도 해줄 것이 없다니!

딸들이 명을 받고 멀어지자 오이디푸스는 테세우스에게 말
했다.

"당신은 이미 저승을 다녀온 분, 당신에게는 이 비밀이 허락
되어 있으니 남아 있도록 하십시오."

안티고네와 이스메네는 얼마를 걷다가 뒤돌아보았다. 그러
나 이미 아버지의 모습은 보이지 않았다. 오로지 테세우스만이
무언가 차마 보기 어려운 끔찍한 것을 보고 있듯이 두 손으로

얼굴을 가리고 있었다. 잠시 후 테세우스가 땅에 입을 맞추더니 신들이 살고 있는 올림포스를 향해 두 손을 치켜들고 기도를 드리는 모습이 보였다. 오이디푸스가 어떤 최후를 맞이했는지는 테세우스 외에는 아무도 알 수 없었다. 신이 불벼락을 내린 것도 아니고, 바다에서 폭풍우가 휘몰아친 것도 아니었다. 마치 저승이 그를 환영하듯이 조용히 대지가 열렸던 것이다. 오이디푸스는 그 어떤 번뇌도 없이, 병을 앓지도 않은 채, 인간으로서는 결코 경험하기 어려운 그런 놀랍고 평온한 최후를 맞이했다.

테세우스가 오이디푸스의 딸들에게 오자 딸들이 그에게 아버지 무덤을 볼 수 없느냐고 간청했다. 그러자 테세우스가 말했다.

"그건 안 된다. 그분이 아무도 그곳에 다가오지 못하게 하라고, 그 성스러운 무덤에 대해서는 아무 말도 마라고 부탁했기 때문이다. 나는 신들 앞에 맹세했다. 그러니 오이디푸스의 딸들아! 아버지의 명령을 거역하지 마라! 더 이상 내게 아버지 무덤을 보여달라고 간청하지 마라!"

그러자 안티고네가 말했다.

"아버지 분부대로 하겠습니다. 하오니 왕이시여, 저희를 테베로 돌려보내주십시오. 형제들 사이에 흘리는 피를 저희가 막을 수도 있을 것입니다."

"그래, 내 너희를 테베로 돌려보내주마. 너희에게 도움이 되는 일이라면 무엇이든 해주기로 나는 지하에 계신 분과 약속했다. 내 언제까지나 그 약속을 지킬 것이다."

안
티
고
네

안티고네와 이스메네는 테세우스의 보호를 받아 테베로 돌아갔다. 하지만 그곳에서는 불행한 전쟁의 결말이 자매를 기다리고 있었다.

　폴리네이케스는 일곱 갈래의 아르고스 군대를 이끌고 자신의 조국 테베를 공격했다. 그들은 강력했지만 크레온과 에테오클레스의 지휘를 받은 테베 군사들은 더욱 용감하고 강했다. 결국 피비린내 나는 전투 끝에 테베 군대가 폴리네이케스 군대를 물리쳤다. 그러나 당사자인 폴리네이케스는 순순히 물러서지 않았다. 그는 동생 에테오클레스와 일대일로 맞섰다. 그리하여 참혹한 운명의 두 형제는 싸움 끝에 서로 상대방을 죽이고 말았다. 자식들을 향해 내린 오이디푸스의 저주가 실현된 것이다. 둘이 죽자 테베 왕권은 당연히 그들의 숙부인 크레온 차지가 되었다.

안티고네와 이스메네 자매의 비극은 거기서 그치지 않았다. 왕이 된 크레온이 에테오클레스는 정중하게 장례를 치르고 훌륭한 무덤을 만들어준 데 반해 폴리네이케스는 나라의 반역자라며 들판에 던져 짐승의 먹이가 되도록 만들어버린 것이다. 그뿐 아니었다. 폴리네이케스의 시체를 향해서는 조문을 해서도 안 되고, 그를 위해 애도를 표하는 일도 엄격히 금했다. 시체를 땅에 묻고 무덤을 만들어주는 일은 더더욱 엄두도 낼 수 없었다. 그 명을 어길 시에는 돌로 때려죽이겠다는 포고를 크레온이 내렸던 것이다.

그 소식을 들은 안티고네가 동생 이스메네를 불러서 말했다.

"동생아, 우리가 살아가는 동안 온갖 재앙을 다 겪었구나. 다 제우스 신께서 우리에게 내린 재앙이라는 걸 너도 잘 알고 있지? 온갖 고난과 파멸과 치욕, 그 모든 것이 신께서 내린 것이니 우리는 어쩔 수 없었지. 우리가 그런 불행을 다 겪었는데 숙부인 왕이 우리에게 마지막 치욕을 안기려 하는구나!"

"언니, 하지만 어쩔 수 없잖아. 우리가 무슨 힘이 있어?"

"내 동생아, 크레온 왕의 그 명령은 바로 우리에게 내린 거란다. 아니, 더 정확히 말한다면 나를 겨냥한 거야. 동생아, 그의 명령을 그대로 따른다면 우리는 우리가 천한 가문에 태어난 보잘것없는 인간이라고 스스로 선언하는 것과 마찬가지야. 우리 핏줄이 고결하다는 걸 보여줄 때가 된 거야. 이스메네야, 나와 함께 오빠 시체를 묻어주지 않을래?"

"언니, 장례를 지내겠다는 거야? 온 나라 사람들에게 엄격한 금지령을 내렸는데?"

"싫건 좋건 우리 오빠 아니니? 동생으로서 도리를 다하는 건데 누가 뭐라고 하겠니?"

"언니, 크레온 왕이 엄명을 내렸는데 어떻게 감히……."

"그에게는 동생으로서 권리까지 빼앗아갈 권한은 없어."

"언니, 그래도 한번 생각해봐. 우리 아버지는 정말 부끄러운 일을 겪으시고 스스로 당신 눈을 찔러서 응징하신 후, 힘들게 세상을 떠도시다가 돌아가시고 말았어. 그분의 어머니이자 아내라는 두 이름을 가지신 분은 스스로 목숨을 끊으셨고. 그리고 두 오빠는 한날한시에 동기간에 피를 흘리며 싸우다 서로 죽이고 말았어. 언니, 이제 남은 건 우리 둘뿐이야.

만약 우리가 왕의 명을 어긴다면 우리도 마찬가지로 비참하게 죽을 거야. 언니, 우린 약한 여자야. 남자와 싸울 수 있는 힘을 갖고 태어나지 않았어. 게다가 우리는 우리보다 훨씬 강한 사람의 지배를 받고 있어. 이보다 더한 명령이라도 지키고 살아갈 수밖에 없는 게 우리의 운명이야. 그 운명에 거역하느니 돌아가신 분들께 용서를 비는 게 나아. 나는 우리를 지배하는 힘에 복종하겠어. 우리의 분수를 넘어서는 일을 하는 건 어리석은 짓이야."

"그래, 네 생각이 그렇다면 억지로 하자고 하지 않을게. 내 손으로 오빠 장례를 치르겠어. 그 일 때문에 내가 죽는다면 얼마나 행복한 일이니! 고결한 행동이 죄가 되어 죽을 수 있다면 죽어서도 편히 쉴 수 있을 거야. 살아 있는 사람보다는 죽은 사람을 섬기는 기간이 더 긴 법이니, 저 세상에서 영원히 평온하게 살 수 있을 거야. 내가 하려는 건 신께서 만드신 위대한 법을 따르는 일이야. 그러니 나를 비웃고 싶으면 얼마든지 비웃으려무나."

"언니, 비웃는 게 아니야. 내게는 나라를 상대로 해서 싸울 힘이 없다는 것뿐이야."

"이스메네, 힘이 없다는 건 핑계일 따름이야. 나는 지금 곧장 사랑하는 오빠를 묻어드리겠어."

"언니, 정말로 언니가 걱정이 돼. 정 언니 뜻대로 하려면 남몰래 비밀스럽게 해. 나도 아무에게도 이야기 않겠어."

"이스메네, 사람들에게 큰 소리로 떠들어도 상관없어. 네가 세상 사람들에게 알리지 않는다면 너를 더 미워하게 될 거야."

"언니, 언니는 끔찍한 일을 하려는 거야. 언니는 지금 안 될 일을 하려는 거야. 언니 가슴은 냉정하지 못하고 무언가에 불타고 있어."

"나는 지금 마땅히 기뻐해야 할 일을 하려는 거란다. 내게 기쁨을 줄 일을 하면서 어떻게 즐겁지 않겠니?"

"언니, 되지도 않을 일을 하려는 건 억지에 불과해."

"이스메네, 내가 너를 그냥 내버려두었듯이 너도 나를 제발 내버려둬. 네가 자꾸 그러면 나뿐 아니라 돌아가신 오빠도 너를 미워하게 될 거야. 내가 무슨 끔찍한 일을 당하더라도 그건 오로지 내가 좋아서 한 일이야. 내 스스로 내게 가한 바보짓이야. 하지만 내 죽음은 훌륭한 죽음이 될 거야. 법으로 나를 죽일 수 있을지 몰라도 내 죽음까지 추하게 만들 수 있는 그런 법은 없어."

"정 그렇다면 언니 마음대로 해. 최소한 돌아가신 오빠에게는 사랑을 받겠지."

테베 궁전 앞. 크레온 왕이 원로들을 소집해 특별 회의를 열었다. 원로들 앞에서 크레온이 입을 열었다.

"원로들이여! 우리나라라는 이 큰 배를 신들께서 격랑에 시달리게 하셨소. 다행히 신들의 도움으로 우리는 곧 평안해졌소. 내가 여러분을 모이라고 한 것은 여러분이 옛 라이오스 왕이 다스리실 때도 한결같이 그분의 왕권에 충성을 보였고, 오이디푸스 왕이 이 나라를 다스릴 때나 그가 돌아가신 뒤에도 왕의 아들들에게 충실했음을 내가 잘 알고 있기 때문이오. 그런데 그 두 형제가 무슨 운명인지 서로 치고받다가 한날한시에 서로를 죽이고 말았소. 그리고 내가 고인과 가장 가까운 인척으로서 왕위를 물려받았소.

한 나라를 다스리는 일에서 그 자리에 앉은 사람이 과연 정신이 올바른지, 사려 깊은지, 판단력이 좋은지는 그 사람이 실제로 실천하는 모습을 보기 전에는 알 수 없는 법이오. 나는 한 나라의 최고 책임자는 자기가 내건 정책을 무슨 일이 있어도 실행해야 한다고 주장해왔소. 그 어떤 두려움 앞에서도 앞장서서 실천하지 않는다면 지도자 자격이 없는 천한 자일뿐이라고 말해왔소.

나는 자기 조국이 그 무엇보다 우선이라고 생각하오. 자신과 가까운 친척이나 친구를 자기의 조국보다 더 중히 여긴다면 그 자는 비열한 자라고 나는 생각하오. 모든 것을 보살피시는 제우스 신 앞에서 나는 엄숙히 선서하오. 우리 백성의 안전이 위협받는 일에 대해 나는 결코 가만히 있지 않을 것이며 조국을 파멸에서 구하기 위해 앞장설 것이오. 내 나라를 적대시하는 자는 그가 누구더라도 결코 친구로 생각하지 않을 것이오. 우리나라는 바로 우리의 안전을 지켜주는 배이며 그 배가 안전하게 항해할 수 있을 때라야 진정한 친구를 만들 수 있기 때문이오.

이것이 내가 이 나라를 지키는 원칙이오. 나는 오이디푸스 왕의 아들들에게 바로 그 원칙을 적용해서 법을 선포했소. 에테오클레스는 이 나라를 지키기 위해 훌륭하게 싸우다 죽었소. 그에게는 가장 고귀한 죽음을 맞이한 사람에게 베푸는 예를 다하여 장례를 치러주었소. 그러나 그의 형인 폴리네이케스는 이 나라에서 추방당한 후 이국 병사들을 끌고 와 조상의 땅을 욕보이려 했소. 이 땅의 신전들을 불태우려 했소. 그는 동포들의 피를 맛보고 동포들을 노예로 삼으려 했소. 나는 그놈을 묻어주지도 말고 아무도 애도하지 말라고 국민에게 명령을 내렸소. 그놈의 시체를 날짐승이나 길짐승이 끔찍하게 뜯어먹게 내버려두라고 엄명을 내렸소.

이것이 바로 나의 통치 정신이오. 결코 악인을 선한 사람과 동등하게 대하지 않을 것이며, 이 땅에 선한 자들만 살아남아 그들로부터 영원히 존경을 받는 것이 나의 뜻이오."

　그러자 원로 대표가 앞으로 나서며 말했다.

　"메노이케우스의 아드님이신 크레온 전하. 전하께서 이 나라의 적과 친구를 엄격히 구분해서 다스리시겠다는 뜻을 잘 알겠습니다. 저희는 왕의 뜻을 받들겠습니다. 왕께서는 살아 있는 자뿐 아니라 죽은 자에 대해서도 어떠한 명령이든 내리실 수 있는 권한이 있습니다."

　"그러면 그대들은 내 명을 지키는 사람이 되어주오. 내 이미 폴리네이케스 시체 주변에는 감시병들을 배치해놓고 아무도 시체에 가까이 하지 못하게 만들어놓았소."

　"그렇다면 저희가 해야 할 일은 어떤 것입니까?"

　"특별한 것이 있을 리 없소. 단지 이 명령을 어기는 자 편을 들지 않기만 하면 되오. 만일 그런 짓을 한다면 죽음으로 다스릴 것이오. 엉뚱한 생각을 품고 스스로 죽음의 길로 들어서는 어리석음을 아무도 범하지 않으리라 믿소."

그로부터 며칠이 지난 어느 날이었다. 크레온 왕은 다시 원로들을 소집한 후 여러 가지 나라 안의 현안들에 대해 회의를 하고 있었다. 그때 폴리네이케스 시체의 감시를 맡았던 감시병 한 명이 헐레벌떡 궁전으로 뛰어 들어왔다. 왕이 무슨 일이냐고 묻자 감시병이 아뢰었다.

"전하, 전하께 고할 일이 있어서 이렇게 달려왔습니다. 전하께 솔직히 말씀드리자면, 떨리는 마음에 얼마나 망설였는지 모릅니다. 하지만 모든 것을 타고난 운명에 맡기기로 하고 이렇게 전하 앞에 나서게 되었습니다."

"그놈, 말이 많구나. 도대체 무슨 일이기에 사설이 그리 길단 말이냐? 어서 이실직고해라."

"전하, 사실을 말씀드리기 전에 저에 관한 말씀을 드려야겠습니다. 제가 전하께 이렇게 보고를 하고 있지만 저는 그 일과 아무 상관이 없습니다. 저는 그 일을 한 자를 보지도 못했습니다. 저는 아무 죄도 짓지 않았으니 벌을 내리지 말아주십시오."

"어허, 네가 그렇게까지 말하는 걸 보니 분명 무슨 변고가 생겼구나. 어서 말해보아라."

"저희가 지키고 있는 시체를 누군가 흙으로 덮고 장례를 치러주었습니다."

그러자 크레온이 호통을 쳤다.

"무슨 소리냐! 어떤 자가 감히 내가 내린 첫 번째 명을 거역했단 말이냐!"

"저희도 모르겠습니다. 곡괭이로 땅을 판 자국도 없었고 아무런 흔적 하나 남긴 것이 없었습니다. 저희 감시병들 중 한 명이 아침에 그것을 발견하고 우리에게 알려주었습니다. 사실은 땅에 묻었다기보다는 흙으로 가볍게 덮은 정도였습니다.

저희 감시병은 서로를 의심했습니다. 심지어 서로 간에 주먹질이라도 벌어질 것 같은 분위기였습니다. 모두가 범인 같았지만 아무도 그 일을 저지른 자는 없었고 발뺌만 하고 있었습니다. 그러자 우리 중 한 명이 우리끼리 이러고 있느니 전하께 이 사실을 고해야 한다고 말했습니다. 저희는 제비를 뽑았습니다. 그리고 제가 이 불운한 임무를 떠맡은 주인공이 된 것입니다. 전하께서 결코 기뻐하지 않으실 소식을 갖고 이렇게 전하를 뵈러 오려니 망설일 수밖에 없었습니다."

그러자 옆에 있던 한 원로가 앞으로 나서서 말했다.

"전하, 제 생각에는 신들께서 하신 일이 아닌가 생각됩니다."

그러자 왕이 호통을 쳤다.

"닥치시오! 어찌 그런 소리를 해서 내 분통을 터뜨리려 한단 말이오! 그대는 정녕 바보 천치 늙은이요? 도대체 신들께서 왜 그 시체를 감싸려 하신다는 거요? 신전도, 신전 안의 보물도 다 태워버리려 했던 자를 신께서 보호해주셔? 신의 엄중한 계율을 파괴하려 했던 자에게 무슨 영예를 안기시려고 신께서 보호하시려 한단 말이오? 그대의 귀에는 신들께서 악당을 칭찬하는 소리가 들렸던 모양이지?

절대 그럴 리 없소. 이 땅에는 처음부터 내게 고개를 내젓는 놈들이 있었소. 내 명령을 마땅치 않게 여기고 내게 불평불만이 가득한 자들이 있었소. 내가 이 땅을 지배하는 것에 불만을 품고 복종하지 않는 자들의 짓이오."

이어서 왕은 감시병을 향해 말했다.

"이놈, 내가 모를 줄 아느냐? 네놈들이 뇌물을 받고 저지른 일이라는 것을! 나는 돈의 위력을 알고 있다. 온갖 못된 짓에도 다 통하는 게 돈이다. 돈은 나라를 망칠 수도 있고 사람을 제 집에서 몰아내게 할 수도 있으며 정직한 사람이 부끄러운 짓을 하게 만들기도 한다. 흉악한 일을 거리낌 없이 하게 만들고 아무리 불경스러운 짓도 서슴없이 저지르게 만드는 게 바로 돈이다.

너희 중 누구든 돈에 팔려서 그런 짓을 저질렀다면 대가를 확실히 치를 것이다! 내 공경하는 제우스 신 앞에 맹세한다. 만약 네놈들이 그 짓을 저지른 진범을 내 앞에 붙잡아 내놓지 못한다면, 너희를 간단히 지옥에 가게 만드는 것으로 그치지 않을 것이다. 너희를 산 채로 매달아 이 괘씸한 짓을 저지른 범인을 밝혀내고야 말 것이다. 재물에 탐이 나서 아무 짓이나 하면 어떤 벌을 받게 되는지 사람들에게 본보기를 보여 다시는 그런 일이 벌어지지 않게 하겠다. 돈이 사람에게 복을 가져오기보다는 사람을 망치는 일이 많다는 것을 우리나라 백성들에게 가르칠 기회로 삼겠다."

"전하, 다시 말씀드리지만 그 일은 제가 저지른 짓이 아닙니다."

"이놈, 돈에 팔려 정신을 잃어버린 놈이 무슨 말이 많으냐!"

"저로서는 너무 억울하고 슬픕니다. 모든 일을 제대로 판단하셔야 할 분이 판단을 못하시다니!"

"다시는 네놈 얼굴도 보기 싫다. 하지만 범인을 데려온다면 다시 한 번 네 얼굴을 봐주마. 하루 시간을 주겠다. 만일 범인을 데려오지 못한다면 추악한 짓을 하고 얻은 이익이 결국 어떻게 되는지 반드시 보여주겠다."

말을 마친 크레온은 자리에서 일어나더니 소매를 떨치며 안으로 들어가버렸다.

다음 날, 어제 왔던 감시병이 다시 궁전 앞에 나타나 왕을 뵙기를 청했다. 그는 한 여자를 옆에 끌고 왔다. 바로 안티고네였다. 궁전에는 이미 원로들이 모여 있었다. 잠시 후 크레온이 회의장에 나타났다. 왕은 감시병을 안으로 들라 했다.

안으로 들어온 감시병이 왕에게 예를 표한 후 말했다.

"전하, 전하 앞에 다시 나타나는 것은 정말 두려운 일이지만 이 처녀를 데려올 수 있어 다시 왔습니다. 이 여자가 범인입니다. 이 여자가 장례를 치르는 걸 제가 잡았습니다. 그러니 전하께서 이 여자에게 친히 모든 것을 다 물으십시오. 저는 이만 물러갈까 합니다."

"이미 시체를 매장했었다고 하지 않느냐? 그런데 어찌 다시 장례를 치르는 걸 잡았단 말이냐? 처음부터 감추어주었던 게 아니냐? 어서 자초지종을 말해보아라."

"제가 다 말씀드리겠습니다. 전하의 지엄하신 분부를 받잡고 제가 꾀를 냈습니다. 저는 돌아가자마자 시체를 덮고 있던 흙을 다 걷어냈습니다. 그런 다음 저희 감시병들은 시체에서 나는 악취가 풍겨 오지 않도록 바람을 등지고 언덕에 숨어서 살펴보았습니다.

시간이 흘렀습니다. 태양이 중천에 떠오르면서 찌는 듯한 더위가 시작되었습니다. 그런데 갑자기 땅에서 회오리바람이 일었습니다. 흙먼지가 공중으로 솟구치더니 천지를 뒤덮었습니다. 저희는 눈도 못 뜬 채 하늘이 내리신 그 재앙을 견디며 기다렸습니다.

이윽고 바람이 잦아들자 들판에 바로 이 여자의 모습이 보였습니다. 이 여자는 마치 새끼가 사라진 둥지에서 울고 있는 어미 새처럼 목 놓아 울고 있었습니다. 그러더니 곧 마른 흙을 손으로 날라 오더니 술병을 높이 쳐들고 시체 머리에 세 번 부어 예식을 갖추더군요. 저희는 그 모습을 보자마자 쏜살같이 달려가 이 여자를 바로 현장에서 체포했습니다.

그런데 이 여자는 저희를 보고도 전혀 놀라지 않았습니다. 저희가 문초를 하니까 부인하지 않고 모든 것을 털어놓았습니다. 저는 기쁘기도 하고 슬프기도 했습니다. 범인을 잡은 건 기뻤지만 이렇게 당당한 처녀를 불운에 빠뜨린다는 게 슬펐습니다. 하기야 제 자신의 안전에 비한다면 그 슬픔은 별것 아니지요."

"어허, 그놈 여전히 말이 많구나. 너는 이제 할 일을 다했으니 물러가도록 해라."

감시병은 왕의 말이 떨어지기 무섭게 물러갔다.

크레온이 안티고네를 다그쳤다.

"내 너에게 점잖은 말투를 안 쓰겠다. 이년, 네가 과연 그런 몹쓸 짓을 했느냐 안 했느냐?"

그러자 고개를 숙이고 있던 안티고네가 고개를 들고 당당하게 말했다.

"했습니다."

"그렇다면 또 묻겠다. 너는 내가 그런 짓을 엄격히 금했다는 것을 알고 있었느냐?"

"물론 알고 있었지요. 모를 까닭이 있습니까? 온 세상 사람이 다 아는 일인데……."

"그런데도 감히 법을 어기고 그런 짓을 저질렀단 말이냐?"

"그래요. 나는 왕이 내리신 법을 어겼지요. 하지만 그 법은 제우스 신께서 내리신 법은 아니지요. 저승의 신들과 함께 사시는 심판과 정의의 신께서도 사람 사는 세상에 그런 법은 내리지 않으셨어요. 신들의 법이 비록 글로 쓰여 있지는 않지만 왕의 법이 하늘의 법도를 넘어설 만큼 힘이 있지는 않다는 게 제 생각입니다. 하늘의 법도는 어제오늘 생긴 게 아니며 영원한 것이니까요.

저는 신들의 법을 어기는 죄를 짓지 않았으니 인간의 법 앞에서 두려워할 이유가 없어요. 왕의 명령이 있건 없건 저는 인간이니 어차피 죽어야 할 운명입니다. 그러니 제 명대로 살지 못한다고 해서 그다지 애석할 것도 없습니다. 오히려 일찍 죽을 수 있다면 다행이지요. 나날이 쓰라린 괴로움 속에서 살아가는 제가 죽음을 어찌 기꺼이 받아들이지 않겠어요?

저는 죽는다는 게 조금도 슬프지 않아요. 하지만 제 어머니 몸에서 태어난 사람을 장례도 치러주지 못하고 죽는다면 그건 정말로 슬픈 일이지요. 목숨 잃을 일을 하고도 슬퍼할 줄 모르는 제가 어리석어 보일 수 있겠지요. 하지만 어리석은 사람들 눈에만 어리석게 보일 겁니다."

그러자 옆에서 듣고 있던 한 원로가 중얼거렸다.

"그 아버지에 그 딸이구나. 재난이 코앞에 닥쳐도 굽힐 줄 모르다니······."

안티고네의 말을 참고 듣던 크레온이 입을 열었다.

"아주 기세가 등등하구나. 하지만 기세가 등등할수록 쉽게 꺾인다는 걸 모르느냐? 불에 오래 달군 쇠일수록 쉽게 부서진다는 건 너도 잘 알고 있겠지. 아무리 사나운 말이라도 입에 물린 재갈 하나로 순해지는 법이다. 너는 정말 건방진 계집이다. 왕의 이름으로 공표된 나라의 법을 어긴 것만 해도 건방지기 짝이 없거늘, 제가 지은 죄를 오히려 자랑하고 기뻐하고 있다니! 계집애인 네가 그토록 시건방진 걸 그대로 내버려둔다면 내가 계집이고 네가 사내가 되는 셈이다!

비록 내 누이의 딸이고 나와 가장 가까운 친척이지만 용서할 수 없다. 그렇게 큰 죄를 지은 이상 네년도, 네년의 여동생도 비참한 운명을 피해가지 못할 것이다. 너 혼자 이 일을 계획하고 실행했을 리 없다. 그년도 함께 공모한 죄를 벗기 힘들 것이다."

왕은 큰 소리로 신하들에게 외쳤다.

"여봐라! 어서 이년의 여동생을 잡아들이도록 하라!"

그러자 안티고네가 말했다.

"이 일은 내가 혼자 한 일인데 어째서 동생을 잡아 오라 하십니까? 저를 죽이는 것만으로는 부족하단 말입니까? 자, 어서 저를 처형해주세요. 왕에게는 제 말이 모두 귀에 거슬리겠지만 간청합니다. 오빠의 장례를 치러주고 죽는 것만큼 영광된 일은 없으니 제게 그 영광을 베풀어주세요. 여기 계신 모든 분들의 생각은 저와 같을 것입니다."

"무슨 헛소리를 하는 거냐? 테베 백성들 중 그런 생각을 하는 건 오로지 너 하나다!"

"다들 제 생각과 같을걸요. 다만 왕의 힘이 무서워 입을 다물고 있을 뿐이지요."

"네가 아무리 궤변을 늘어놓아도 그놈은 나라를 망치려던 놈이야. 그놈을 나라를 위해 싸우다 죽은 사람과 똑같이 대할 수는 없다."

"하지만 저승의 신 하데스께서는 그런 제사를 드리기를 바라시고 있답니다."

"선인과 악인이 어찌 똑같은 대접을 받을 수 있단 말이냐!"

"저승에서도 그런 구분이 가능한지 알 수 없지요."

"원수는 죽어서도 친구가 될 수 없는 법이야."

"왕께서는 그렇게 생각하세요. 저는 사람들이란 서로 미워하기 위해 태어난 게 아니라 서로 사랑하기 위해 태어났다고 믿고 있답니다."

"저승에 가서 네 마음대로 해라. 난 남자다. 살아 있는 동안 여자의 지배를 받을 수는 없다."

크레온과 안티고네가 말다툼을 하고 있는 사이 병사가 이스메네를 끌고 왔다. 이스메네는 눈물을 비 오듯 흘리고 있었다.

이스메네를 보자 크레온이 그녀를 추궁했다.

"독사 같은 것들이 내 집 안에 숨어서 내 피를 빨아먹고 있었구나. 너도 그 장례를 함께 치렀다고 실토하겠느냐, 아니면 아무것도 모르고 있었다고 발뺌할 셈이냐?"

그러자 이스메네가 말했다.

"저도 같이 했어요. 저도 언니와 함께 처벌을 받겠어요."

그 말을 듣고 안티고네가 펄쩍 뛰며 말했다.

"이스메네, 안 돼! 네가 나와 함께 처형당하는 건 옳지 않은 일이야. 너는 그 일을 할 수 없다고 했고 나도 네 도움을 거절했잖니?"

"하지만 언니 혼자 화를 입는 것도 옳지 않아. 언니, 나도 함께 죽게 해줘. 돌아가신 오빠를 공경할 수 있게 해줘. 언니만 허락하면 될 일이야."

"그런 소리 하지도 마. 손도 대지 않은 일을 함께 했다고 주장하다니! 나 하나만의 죽음으로 족해. 너는 네 몸을 구해. 그렇다고 해서 너한테 샘내지는 않을 테니.”

“언니, 나는 언니의 운명과 함께할 수 없다는 거야?”

“너는 이미 살기를 택했고 나는 죽기를 택한 거야. 그걸 되돌릴 수는 없어. 이 세상에는 너를 지혜롭다고 할 사람들도 많아.”

“아, 언니! 내가 살아남더라도 우리 둘 다 죄를 지은 셈이야. 언니는 왕의 법을 어겼고 나는 하늘의 법을 어겼으니!”

이스메네는 마지막으로 크레온 왕에게 호소했다.

“전하! 언니는 전하의 아드님 하이몬과 약혼한 사이예요. 아드님 약혼자를 죽이실 셈인가요?”

그러자 크레온이 말했다.

“씨를 받을 밭은 얼마든지 있다.”

이스메네가 다시 말했다.

“그렇지만 둘은 진정으로 사랑하고 있어요. 두 사람만큼 굳건하게 맺어진 사이도 이 세상에 없어요.”

“상관없다. 나는 시아버지에게 거역하는 못된 며느리를 원하지 않는다. 더 이상 심문할 것도 없다. 네년들의 죄는 이것으로 확정되었다. 여봐라. 어서 이년들을 끌어내 가두어라.”

병사들이 안티고네와 이스메네를 끌고 가자 크레온은 자리를 떨치고 일어났다.

이스메네의 말대로 크레온 왕의 아들 하이몬과 안티고네는 약혼한 사이였다. 비록 크레온 왕이 직접 정해준 혼처로서 본인 뜻과는 상관없이 한 약혼이었지만 하이몬은 안티고네를 진정으로 사랑했고 안티고네도 마찬가지였다. 그런데 그의 귀에 안티고네가 죄를 짓고 체포되었다는 소식이 들려왔다. 그의 심복이 와서 전해준 것이다. 그는 황급히 아버지가 있는 회의장으로 달려갔다.

그가 회의장에 도착했을 때는 막 안티고네 자매가 끌려 나가고 왕이 자리에서 일어나려던 순간이었다.

아들의 모습을 보자 크레온이 말했다.

"아들아, 네 약혼자의 죄가 확정된 것을 알고 이 애비를 탓하러 온 건 아니겠지? 너는 내 아들이니 내가 어떤 행동을 하건 이해할 수 있겠지?"

하이몬은 왕에게 공손하게 말했다.

"아버지, 저는 아버지 아들입니다. 아버지의 지혜로 아들을 제대로 이끌어주시겠지요. 저는 아버지께서 마련해주신 결혼 상대보다 더 나은 사람이 있다고는 생각해본 적이 없습니다."

"과연 내 아들이로다. 그렇다. 너는 명심해야 한다. 아들은 매사를 아버지의 뜻에 따른다는 것, 그게 가장 중요한 미덕이다. 아버지의 원수를 원수로 아는 자식, 아버지의 벗을 자신의 벗으로 아는 자식이 돼야 한다. 아버지들은 그걸 가르치면서 아들이 아버지에게 순종하는 자식이 되게 해달라고 기도한다. 너는 아비의 기도를 들어주었구나. 아버지에게 순종하지 않는 자식을 둔 사람은 얼마나 불행하겠느냐! 스스로에게는 걱정거리요, 원수들에게는 웃음거리의 씨앗을 뿌린 셈이니.

얘야, 결코 계집 하나 때문에 이성을 잃어서는 안 된다. 이제 그 계집을 미워해라. 그 계집에게 자신의 남편감을 지옥을 지키는 신 하데스의 궁에서나 찾게 해라. 온 나라 안에서 그 계집 하나만 내 영을 어겼다. 그 계집을 살려두면 나는 백성들에게 거짓말을 한 게 된다.

나는 너를 올바로 키웠다. 자기 자식을 쓸모없이 키운 사람은 남의 자식이 못되게 굴어도 참고 견뎌야 할 것이다. 자기 집 안일에서 의무를 다하지 못한 자가 나랏일에서 정의로움을 보일 수는 없는 법이다. 그 누구든 나랏일을 맡은 자는 작은 일이건 큰일이건, 옳은 일이건 그른 일이건 법에 복종해야 한다. 법에 복종하는 자만이 신 못지않은 통치자가 될 수 있다. 법에 복종하지 않는 것만큼 큰 죄악은 없다. 그것이야말로 나라를 망치는 지름길이다.

공정한 사람들을 안전하게 지켜주는 것, 그건 바로 복종이다. 그것이 모든 질서의 근본이기 때문이다. 게다가 올바르게 자란 사내라면 결코 한 계집에게 져서 물러서면 안 된다. 도저히 힘으로 안 되어 굽혀야 할 경우가 있더라도 상대가 남자여야 한다. 여자보다 약한 남자가 되는 것, 그건 가장 큰 죄악 중 하나다."

부왕의 긴 이야기가 끝나자 하이몬이 정색을 하고 말했다.

"아버지, 신들께서는 인간에게 이성을 선물로 주셨습니다. 우리가 가진 것 중에 가장 고귀한 것이 바로 그것입니다. 물론 저는 아버지 말씀이 옳지 않다고 말할 힘도 없으며 그럴 생각도 없습니다.

그러나 아버지, 아버지께 한 가지 간청은 드리고 싶습니다. 남들도 쓸 만한 생각을 가지고 있을 수 있다는 것을 인정해주십시오. 저는 아버지의 아들이기에 남들이 말하는 것, 행하는 것, 소곤거리는 것을 귀담아 듣고 보고 있습니다. 왜냐하면 아버지의 무서운 얼굴 앞에서는 백성 중 누구도 자기 속에 있는 생각을 감히 입 밖에 내지 못하기 때문입니다. 그러나 저는 어둠 속에서 백성들이 하는 소리를 들을 수 있습니다.

아버지, 제가 무슨 소리를 들었는지 아십니까? 그런 고귀한 행동을 한 안티고네를 칭송하는 소리입니다. 그 행동 때문에 비참하게 죽어갈 그녀의 운명을 탄식하는 소리들입니다. 아버지, 오라비의 시신을 들개나 새의 먹이가 되지 않게 보살핀 그녀를 칭찬하는 소리가 은밀하게 퍼져나가 온 세상에 떠돌고 있습니다.

아버지, 저는 아버지의 명예를 버리시라고 이런 말씀을 드리는 게 아닙니다. 제게 아버지의 명예와 번영보다 귀중한 것은 없습니다. 그래서 말씀드리는 것입니다. 아버지, 제발 아버지 말씀과 행동만이 옳다고 생각하지 마십시오. 자기만이 제일 현명하며, 이 세상에 자기만 한 사람은 없다고 생각하는 사람이 가장 어리석은 사람일 수 있으며 실제로 속에 든 것은 아무

것도 없는 사람이기 쉽습니다. 현명한 사람일수록 남들에게서 무언가를 배우고 때에 따라 굽히는 법입니다. 아버지, 아무쪼록 노여움을 푸시고 생각을 돌려주시기 바랍니다. 감히 말씀드리지만 바른말을 하는 사람에게 배우는 것도 훌륭한 일입니다."

그러자 원로 한 명이 나서서 말했다.

"전하, 왕자님이 때맞춰 옳은 이야기를 해주신 것 같습니다. 전하께서도 왕자님 말씀에서 무언가 배우셨으면 합니다. 왕자님께서도 아버지의 말씀에서 무언가를 배우십시오. 제가 보기에는 두 분 말씀이 다 훌륭하십니다."

그러자 왕이 말했다.

"아니, 내 나이에 이런 풋내기에게 뭔가를 배우란 말인가?"

그러자 하이몬이 말했다.

"받아들이실 만한 게 있으면 그러시라는 겁니다. 우리 테베 사람들은 입을 모아 안티고네가 죄를 저지르지 않았다고 말합니다."

"내가 다스리는 백성들이 내게 지시를 하는 거냐? 내 판단이 아니라 남들의 판단으로 이 나라를 다스려야 한다는 말이냐?"

"아버지, 테베는 아버지 한 사람의 소유가 아닙니다. 한 나라가 한 사람 소유라면, 그 나라는 이미 나라가 아닙니다."

"국가가 통치자의 것이 아니란 말이냐?"

"그런 생각을 가지고 계시다면 사람들이 하나도 없는 땅에서 혼자 훌륭한 군주가 되실 수 있겠지요."

"이놈, 가만 듣자 하니까 너 지금 여자 편을 들고 있는 거로 구나."

"만일 아버지께서 여자라면 그 말씀이 옳습니다. 저는 아버지를 위해 말씀드리고 있으니까요."

"이놈아, 내가 나의 왕권을 스스로 존중하는 것도 잘못이란 말이냐?"

"신들의 명예를 존중하지 않는 왕권은 진정한 왕권이 아닙니다."

"이런 나약한 놈! 계집만도 못한 놈! 네가 하는 말은 모두 그 계집을 위해 하는 말이 아니냐!"

"그녀를 위한 것만이 아닙니다. 아버지와 신들을 위해 드리는 말씀입니다."

"어리석은 녀석! 감히 아비를 가르치려들다니!"

"아버지만 아니셨다면, 어떻게 이렇게 분별력이 없는 사람일 수 있을까, 하고 말씀드릴 정도입니다."

"닥쳐라! 이런 아녀자의 종 같은 녀석!"

"아버지는 당신 생각만 말씀하시려고 하시지 남의 대답은 들으려고 하지 않으십니다."

"정말 말 다했느냐! 반드시 네 말을 후회할 날이 올 거다."

이윽고 왕이 소리쳤다.

"여봐라! 지금 당장 그 계집을 옥에서 끌어내라! 그 계집보다 약한 이놈 앞에서 죽여야겠다."

그러자 하이몬도 서슬이 시퍼렇게 대꾸했다.

"그런 생각일랑 거두십시오. 제가 보는 앞에서 죽게 내버려 두진 않을 겁니다. 아버지, 아버지께선 이제 다시는 제 얼굴을 보실 수 없을 겁니다. 아버지를 견뎌낼 수 있는 사람들 옆에서 헛소리나 하며 지내십시오."

말을 마친 하이몬은 예도 표하지 않고 그대로 물러나왔다. 그러자 노한 크레온이 소리쳤다.

"네놈이 아무리 그래도 그 두 계집은 죽음을 면할 수 없어!"

옆에 있던 원로가 왕에게 물었다.

"두 사람 다 죽일 생각이십니까? 아무리 해도 둘 다 죽이시는 건 좀……."

그러자 크레온이 잠시 생각에 잠겼다가 말했다.

"그대 말이 옳다. 그 시체에 손을 대지 않은 계집까지 똑같이 죽이고 싶은 생각은 없다. 동생은 살려주겠다."

"그렇다면 안티고네에게는 어떤 벌을 내릴 작정이십니까?"

"그 계집은 인적이 드문 곳, 깊은 바위굴 속에 산 채로 처넣겠다. 굶겨 죽이지는 않겠다. 이 나라에 오점을 남길 수는 없으니까. 하지만 결국 암흑 속에 갇혀 죽어갈 거야. 거기서 그 계집이 섬기는 유일한 신 하데스께 실컷 빌어보라지. 혹시 풀어줄지 알게 뭐야. 어쨌든 거기서 죽어가면서, 죽은 자를 공경하는 건 아무 소용없는 헛된 일이라는 걸 깨닫게 해주겠다."

안티고네의 처형은 즉각 집행되었다. 곧장 산 채로 바위굴 무덤에 묻히게 된 것이다. 이제까지 꿋꿋하기만 했던 그녀였지만 정작 죽음을 향해 발길을 옮겨야 하는 날이 되자 탄식했다.

　"조국의 백성들이여, 나를 봐줘요. 나는 이제 마지막 길을 떠납니다. 나는 이제 저승의 아케론 강을 건널 것이며 태양은 다시는 나를 위해 뜨지 않을 것입니다. 모든 것을 잠재우는 하데스 신이 나를 산 채로 그곳으로 끌고 갑니다. 울어주는 친구도 없이 그 낯선 바위굴로 끌려갑니다. 결혼 축가를 불러주는 이도 없이, 저 아케론의 주인에게 시집을 갑니다. 아, 슬프다. 나는 이제 이승에서도 지내지 못하고 저승에서도 지내지 못하게 되는구나. 살아 있는 사람과도, 죽은 사람과도 함께 지내지 못하게 되는구나.

오, 신이시여! 저희 이름 높은 랍다코스 집안에 왜 이런 운명을 내리셨단 말입니까? 아, 자신의 아버지를 죽일 수밖에 없었던 나의 아버지의 운명이여! 자기 아들인 나의 아버지와 잠자리를 같이한 불행한 어머니여! 나는 이제 그분들 곁으로 가서 함께 지냅니다. 저주를 받은 채 시집도 못 간 몸으로 이렇게 그분들 곁으로 갑니다. 내 운명을 위해 눈물 흘려줄 이 없이, 슬퍼해줄 친구도 없이 그곳으로 갑니다."

그녀의 탄식을 들은 신하들이 감히 큰 소리는 내지 못하고 속으로 함께 탄식했다.

'그대는 영광과 찬양을 등 뒤로 받으면서 죽은 자들이 있는 곳으로 떠나는 것이오. 그대는 병에 걸린 것도 아니고 칼을 맞아 그곳으로 가는 것도 아니며, 오로지 자신의 뜻대로 행동을 했기에 가는 것이오. 그곳은 살아 있는 자들은 가본 적 없는 하데스의 궁이니 살아서 그곳으로 가는 그대는 신과 같은 운명을 나누는 것이오. 그것은 그대에게 죽어서나 살아서나 크나큰 명예일 거요. 경건한 행동은 그에 걸맞은 칭송을 들을 것이오!'

이 광경을 지켜보던 크레온 왕이 큰 소리로 외쳤다.

"언제까지 저 죽음 앞에서 지껄이는 넋두리를 듣고 있을 것이냐! 어서 빨리 데려가지 못할까! 데려가서 무덤 속에 가두고 아무도 오지 못하게 하라. 죽고 싶으면 죽으라 하고, 그런 곳에 살아 있는 목숨을 묻은 채 지내고 싶다면 그러라고 하라. 우리의 깨끗한 손은 이 계집의 피로 더럽혀지지 않을 것이다. 어서 이 계집을 밝은 곳에서 추방하여 어둠 속에 잠기게 해라!"

그러자 안티고네가 다시 노래하듯 말했다.

"아, 나의 무덤이며 신방이여! 저 깊은 곳의 어두운 감옥이여! 나는 이제 그곳으로 내 부모 형제를 만나러 갑니다. 나는 희망에 들떠서 그곳으로 갑니다. 그곳에서 아버지가 나를 반겨주실 테니까요. 어머니도 나를 보고 기뻐해주시겠지요. 그리고 오빠도 나를 반겨주시겠지요. 돌아가신 오빠의 몸을 내 손으로 씻겨드리고 수의를 입혀드렸으니까요. 오빠 무덤에 술을 뿌려드렸으니까요.

제가 어떤 신의 법을 어겼나요? 경건한 마음으로 경건한 행동을 했을 뿐인데 이런 벌을 받다니요. 신들이시여, 제가 이런 벌을 받는 것을 기뻐하시나요? 만일 그렇다면 죽을 때 제 죄를 깨닫게 되겠지요. 그러나 만일 저를 처벌한 자들이 죄를 짓는 것이라면 그들에게도 제가 받은 것과 똑같은 재앙을 내려주십시오."

크레온이 어서 끌고 가라고 호통치자 병사들이 안티고네를 끌고 갔다.

안티고네가 끌려가고 얼마 되지 않았을 때였다. 눈먼 예언자 테이레시아스가 크레온 왕을 찾아와 만나기를 청했다. 갑자기 예언자가 자신을 보자고 하니 크레온은 약간 두려운 마음이 들었다. 예언자가 앞에 나타나자마자 크레온 왕이 물었다.

"예언자 테이레시아스여, 내게 무슨 할 말이 있어 나를 보자고 한 것이오?"

"드릴 말씀이 있습니다. 이 예언자의 말에 귀를 기울여주시기 바랍니다."

"나는 이제까지 그대의 충고를 가볍게 여겨본 적이 없소."

"그 덕분에 왕께서는 지금까지 이 나라를 올바로 이끌어오신 것입니다. 하지만 조심하십시오. 왕께서는 지금 시퍼런 운명의 칼날 위에 서 계십니다."

그러자 크레온이 놀란 눈으로 물었다.

"아니, 그게 무슨 소리요? 시퍼런 운명의 칼날 위에 서 있다니? 등골이 오싹해지는구려."

"왕이시여, 제가 직접 겪은 것을 말씀드리겠습니다. 제가 예전부터 점을 치던 자리에 앉아 있는데 그곳으로 새들이 모여들었습니다. 그런데 갑자기 새들이 불길한 소리를 내며 울고 발톱으로 서로를 할퀴며 싸웠습니다. 제가 맹인이라 보이지는 않았지만 날갯짓 소리로 분명히 알 수 있었습니다.

저는 무언가 심상치 않다는 생각에 제단에 짐승을 통째로 태워 제물로 바치는 번제(燔祭)를 드렸습니다. 하지만 제물로 바친 고기에서 끈적끈적한 물이 스며 나와 타오르려던 불길을 꺼버렸습니다. 그리고 그 고기는 곧 썩어버렸습니다.

왕이시여! 무서운 징조입니다. 우리의 제단과 부뚜막은 무참하게 죽은 오이디푸스의 아들의 썩은 고기로 가득 차 있습니다. 그래서 신들께서는 우리에게서 기도나 제물을 받지 않으십니다. 이 모든 것이 왕께서 잘못 생각하셨기 때문에 벌어진 일입니다.

왕이시여, 깊이 통촉하시기 바랍니다. 사람은 누구나 잘못을 저지를 수 있습니다. 하지만 이후에 그 잘못을 바로잡고 고집을 꺾은 사람은 이미 어리석은 사람도 아니고 불행한 사람도 아닙니다. 이 세상에서 가장 바보는 자기 고집에 사로잡혀 있는 자입니다.

왕이시여, 죽은 사람의 요구를 들어주십시오. 죽은 자를 또 죽이는 짓은 하지 마십시오. 이 모두 왕을 위해 드리는 말씀입니다. 자신을 위해 해주는 충고에 귀를 기울이는 것, 그것이 바로 현명한 이가 취할 길이며 진정한 기쁨을 얻는 방법입니다."

"예언자여, 그대는 모든 불길한 징조의 원인을 몽땅 나한테 돌리고 있소. 그대는 나를 향해 화살을 날리고 있는 셈이오. 어찌 그런 예언으로 나를 모함에 빠뜨리려는 거요?

내 이제까지 참고 있던 말을 해야겠소. 그대는 이전부터 나를 왕으로 대접한 게 아니라 무슨 흥정의 대상으로 여겨왔소. 그대는 자신의 사익을 위해 나를 이용해왔소. 그런 말을 하면서 그대가 진정으로 원하는 게 뭐요? 은이오? 황금이오? 드러내놓고 나와 흥정을 하시오.

하지만 그자를 무덤에 묻어주는 짓은 할 수 없소. 설사 제우스 신의 독수리가 그의 시체를 찢어발겨서 성전으로 가져간다 하더라도 매장을 허락할 수는 없소. 노인장, 그대의 탐욕을 그럴듯한 말로 포장하지 마시오. 그 어디에 들이대건 맞을 만한 말로 나를 위협하지 마시오."

테이레시아스는 기가 막혀서 탄식했다.

"왕이시여, 이 세상 그 무엇보다 충언이 가장 값진 것입니다."

"내가 모를 줄 아시오? 어리석음이 가장 해로운 것인 만큼 충언이 값지다는 건 알고 있소."

"그런데 왕께서는 자신이 지금 그 어리석음의 병에 걸려 있음을 모르시는군요."

그러자 크레온이 버럭 화를 냈다.

"감히 왕을 모욕하다니! 그런 자에게는 대답하고 싶지 않다."

"왕께서는 이미 대답하셨습니다. 내가 거짓 예언자라고!"

"도대체 예언자라는 족속은 돈이라면 사족을 못 쓴단 말이야. 당신이 현명한 예언자인지는 몰라도 사악한 짓을 좋아하는 건 틀림없어!"

테이레시아스는 더 이상 충고해봤자 소용없음을 알고 직격탄을 날렸다.

"왕께서는 기어코 제 마음속 무서운 비밀을 털어놓게 만드시는군요. 좋습니다. 다 말씀드리지요. 제가 바라는 게 있다고요? 제 말을 듣고 제가 진정으로 원하는 게 무엇인지 한번 판단해보시지요.

자, 잘 들으십시오. 지금부터 태양이 한 바퀴 돌기 전에 전하 몸에서 태어난 고귀하고 용감한 생명 하나가 바로 전하 때문에 시체가 될 것입니다. 살아 있는 넋을 무덤 속에 처넣고 지하의 신들께 돌아가야 할 시체를 묻지도 않은 채 이 세상에 방치해 두고 있기 때문입니다. 그런 일은 전하건 저 하늘에 계신 신들이건 그 누구도 해서는 안 될 일입니다. 그것은 신들을 향해 행한 전하의 폭력입니다. 그 폭력과 관련해 전하 또한 똑같은 재앙에 빠뜨리려고 복수의 신, 지옥의 신이 기다리고 있습니다.

제가 돈에 팔려 이런 이야기를 하고 있겠습니까? 도대체 누가 저를 매수할 수 있단 말입니까? 머지않아 온 나라에 사람들의 탄식 소리가 울려 퍼지겠지요. 전하가 매장을 금지한 모든 시체들, 폴리네이케스의 부하들 시체가 증오에 찬 폭동을 유발하겠지요."

말을 마친 테이레시아스는 뒤도 돌아보지 않고 궁전을 나가 버렸다.

그가 나가자 한 신하가 앞으로 나서며 말했다.

"전하, 예언자가 무서운 말을 남기고 가버렸습니다. 그는 이 나라에 대해 한 번도 거짓 예언을 한 적 없는 사람입니다."

예언자를 향해 험한 말을 던졌던 크레온도 그 사실은 잘 알고 있었다. 그는 겁에 질려 신하에게 말했다.

"나도 그건 잘 알고 있다. 아, 굴복하는 것도 비참한 일이지만 예언에 저항하다가 불행을 고스란히 받아들이는 것도 비참한 일이야.”

크레온한테서 물러서려는 낌새가 보이자 신하가 용기를 내어 간했다.

“전하, 현명한 의견은 마땅히 받아들이시는 게 옳은 줄로 압니다.”

“그래, 내 어찌하면 좋겠는가? 어서 말해보라. 내 그대로 따를 테니.”

“어서 그 바위굴로 가서서 가두어놓은 안티고네를 풀어주십시오. 그리고 버려진 시체를 위해 무덤을 만들어주십시오.”

“정말로 그래야 한단 말인가? 나보고 굴복하란 말인가?”

“그렇습니다, 전하! 서두르지 않으시면 언제 신들의 채찍이 우리 등을 내리치실지 모를 일입니다.”

“휴, 괴롭군! 좋다. 내 굳은 결심을 거두어들이겠다. 나도 한낱 인간일 뿐, 신들께서 정하신 운명과 싸우면 안 되겠지! 자, 어서 가자. 내 손으로 직접 그 애를 풀어주겠다. 하지만 마음은 여전히 무거워. 내가 만든 법을 내 손으로 어겨야 하다니!”

크레온 왕은 부하들을 이끌고 황급히 궁전 밖으로 나섰다.

크레온은 우선 폴리네이케스의 시체가 있는 곳으로 갔다. 시체는 개들에게 물어뜯긴 채 처참한 모습으로 들판 한가운데 놓여 있었다. 크레온은 우선 사람들과 함께 기도를 드렸다. 헤카테 여신과 하데스 신의 분노를 풀어주기 위해서였다. 그런 후 남은 시체나마 정성스럽게 씻은 후 불을 피워 태웠고 이어서 높은 봉분을 쌓아 그 안에 뼈를 묻었다.

폴리네이케스의 장례가 끝나자 왕은 일행을 이끌고 안티고네를 가두어 놓은 바위굴로 갔다. 일행이 굴 가까이 갔을 때였다. 저 아래 깊은 곳에서 누군가 울부짖는 소리가 들렸다. 저승의 신 하데스의 신부를 가두어놓은 방에서 들려오는 소리였다. 여자의 울부짖음이 아니라 젊은 남자의 울부짖음 소리였다.

크레온은 굴 아래로 내려가며 비통한 목소리로 말했다.

"아, 내가 걱정하던 일이 사실이 되었단 말인가? 저건 바로 내 아들 목소리가 아니냐?"

크레온 왕은 시종들을 거느리고 무덤 입구까지 내려갔다. 그러자 안티고네가 자기 옷으로 끈을 만들어 목을 매단 모습이 보였다. 하이몬이 그런 안티고네의 몸을 두 팔로 부둥켜안은 채 울부짖고 있었다.

그 광경을 본 크레온이 아들을 향해 부르짖었다.

"아, 이 불행한 녀석! 어찌하여 이성을 잃었단 말이냐! 얘야,

어서 이리 나오너라."

그러나 왕자는 아무 말이 없었다. 하이몬은 왕을 노려보더니 갑자기 그의 얼굴에 침을 뱉고는 허리춤에서 칼을 빼들고 휘둘렀다. 크레온은 황급히 몸을 피했고 칼은 허공을 갈랐다. 그러자 하이몬은 칼로 자기 옆구리를 깊숙이 찔렀다. 그러더니 안티고네를 껴안고 숨을 헐떡이며 그녀의 창백한 뺨 위에 피를 왈칵 쏟았다. 그 불쌍한 두 젊은이는 하데스의 집 마루에서 그렇게 결혼식을 올린 셈이었다.

크레온은 비틀거리며 그 자리에서 쓰러졌다. 시종장은 왕을 부축하며 한 병사에게 명령했다.

"어서 궁정으로 달려가라. 가서 이 슬픈 소식을 전하도록 하라."

명을 받은 병사는 재빨리 궁전으로 달려갔다. 궁전으로 달려간 그를 맞은 대신이 황급히 물었다.

"왜 이리 황급히 달려오는 거냐? 무슨 일이라도 있는 거냐?"

"돌아가셨습니다. 하이몬 왕자님께서 돌아가셨습니다. 딴 사람 손에 돌아가신 게 아니라 스스로 목숨을 끊으셨습니다."

그러자 대신이 탄식했다.

"아, 예언자여! 당신의 예언은 너무나 신비롭고 뛰어나구나!"

바로 그때였다. 왕비 에우리디케가 얼굴이 하얗게 질린 채 그들 앞에 모습을 드러냈다. 그녀는 내실에서 밖으로 나오다 그들의 대화를 들었다. 왕비가 병사에게 더 자세히 이야기해달라고 하자 병사가 상황을 설명해주었다. 넋을 잃은 채 병사의 말을 들은 왕비는 아무 말 없이 비틀거리며 안으로 들어가버렸다.

한편 크레온은 아들 하이몬의 시신을 수습하라고 부하들에게 명한 후 목 놓아 통곡했다. 아들의 시신이 관에 안치되자 그는 겨우 정신을 차리고 궁으로 돌아왔다. 그는 궁전으로 들어서면서 후회의 탄식을 늘어놓았다.

"아, 내 아들아, 비명에 가고 말았구나! 자살한 네가 우둔한 게 아니라 내가 바보였던 거다. 내 아둔함 때문에 네 넋이 날아가고 말았구나! 아, 이제야 깨달았다. 하지만 이미 너무 늦었구나. 이미 신께서 나를 잔혹하게 벌주셨구나!"

그때였다. 왕비의 시녀 한 명이 울부짖으며 안에서 뛰쳐나왔다.

크레온이 소리쳤다.

"도대체 무슨 일이냐! 내게 또다시 닥쳐올 불행이 남아 있었단 말이냐!"

그러자 시녀가 울먹이며 말했다.

"전하, 왕비님께서 돌아가셨습니다. 왕자님의 슬픈 최후를 들으시고는 스스로 가슴을 찌르셨습니다."

크레온이 몸을 가누지 못하며 탄식했다.

"아, 하데스 신이시여, 어쩌자고 이렇게 무자비하십니까! 이미 죽은 몸이나 다름없는 제게 이렇게 또다시 충격을 주시는 겁니까! 아, 무서워서 몸이 떨려오는구나! 아, 전부 내가 저지른 짓이다! 오, 죽음의 신이시여, 어서 저를 데려가십시오. 이제 제가 드릴 기도는 그것밖에 없습니다. 어서 저를 데려가주십시오. 이 경솔하고 어리석은 놈을! 내 아들아! 내가 아무 생각 없이 너를 죽이고 말았구나. 그리고 왕비 당신까지! 아, 나는 얼마나 불행한가! 얼굴을 돌려도 바라볼 곳이 없고 의지할 곳도 하나 없구나. 내가 한 짓은 모두 빗나갔을 뿐이고 무서운 파괴의 운명만이 내 머리 위에 떨어지고 말았구나!"

크레온의 처절한 탄식 위로 어디선가 이런 소리가 들리는 것 같았다.

"지혜야말로 으뜸가는 행복이다! 언제나 신들을 굳게 믿고 공경하라! 교만한 자들이여! 그대들의 큰소리는 언제나 크나큰 천벌로 돌아올 뿐이다. 아, 인간들이여! 그대들은 왜 늙어서야 지혜를 배우게 되는 것인가!"

『오이디푸스 이야기』를 찾아서

　굳이 그리스·로마신화를 읽지 않은 사람이라도 '오이디푸스 콤플렉스'라는 말은 들어보았을 것이다. 나이가 들어서도 어머니 치마폭을 떠나지 못하고 어머니에게 기대는 남자를 보면 "저 사람 오이디푸스 콤플렉스 걸렸군" 하고 말하기도 한다. 요컨대 어머니를 이 세상 그 누구보다 사랑하면서 그 어머니를 향한 사랑에서 벗어나지 못하는 사람을 우리는 '오이디푸스 콤플렉스'에 걸렸다고 말한다.

　아들이 어머니를 사랑하는 것, 당연하다. 그런데 문제는 자식으로서 어머니를 사랑하는 게 아니라 이성으로서 사랑한다는 데 있다. 어머니를 이성으로서 사랑하는 존재는 따로 있기 때문이다. 바로 아버지다. 아들이 어머니를 이성으로 사랑하게 되면 아버지는 라이벌, 다시 말해 연적(戀敵)이 된다. 따라서 '오이디푸스 콤플렉스'를 다른 식으로 표현한다면 '아버지 살해 콤플렉스'가 된다. 연적을 없애야 어머니를 독차지할 수 있지 않겠는가? 아버지를 죽이고 어머니를 차지하려는 콤플렉스라니 좀 무시무시하다.

그런데 이 무시무시한 콤플렉스를 사람이라면 누구나 다 지니고 있다고 주장한 학자가 있다. 19세기 말에 '정신분석학'을 창안한 오스트리아 출신 정신과 의사 지그문트 프로이트(Sigmund Freud, 1856~1939)다. 프로이트의 이론에 따르면 인간은 신체기관이 성장하기 이전부터 성욕을 가지고 태어난다. 물론 이때의 인간이란 남자를 말한다. 그런데 그렇게 태어난 인간(아들)이 제일 먼저 접하는 이성이 바로 어머니다. 어머니는 아들에게 성적인 욕망의 대상으로 우선 다가온다는 것이다.

하지만 이 욕망은 결코 실현될 수 없고 실현되어서도 안 된다. 어머니를 성적 대상으로 삼는다는 것 자체가 현실에서는 불가능한 꿈이다. 그런 욕망을 지니고 태어나서 그 욕망의 실현이 불가능한 세상을 살아갈 수밖에 없는 게 바로 인간의 운명이라는 것, 이것이 바로 프로이트의 정신분석 이론에서 핵심이다.

그런 불가능한 꿈을 실현한 존재가 있다. 바로 신화 속 인물 오이디푸스다. 오이디푸스는 자신이 무슨 짓을 하는지도 모르면서 아버지를 살해하고 어머니와 결혼하여 자식을 낳는다. 사실 그에게는 콤플렉스가 없다. 타고난 욕망을 마음껏 충족시켰으니 콤플렉스가 있을 리 없지 않은가? 그렇다고 해서 그가 행복한 존재가 되는 것은 아니다. 그는 천벌을 받을 짓을 저지른 죄인이 된다.

그렇다면 그는 자신의 의지로 그런 죄를 저질렀을까? 아니다. 그가 죄를 지을 운명은 이미 신탁(神託)으로 정해져 있었다. 그는 하늘의 명을 거역했기에 그런 죄를 지은 것이 아니다. 하늘이 이미 그런 죄를 짓도록 그에게 운명을 부여한 것이다. 그렇다면 그는 죄인일까, 아닐까?

사실 신화에는 신들로부터 벌을 받는 인물들이 많이 나온다. 인간에게 불을 가져다준 죄로 카프카스 산꼭대기에 쇠사슬로 묶인 채 독수리에게 간을 쪼아 먹히는 벌을 받은 프로메테우스, 교활한 꾀로 제우스 신을 기만한 죄 때문에 산꼭대기로 커다란 바위를 밀어 올렸다가 굴러 떨어지면 다시 밀어 올려야 하는 일을 영원히 반복하는 벌을 받은 시시포스, 곡물의 여신 데메테르가 아끼는 나무를 벤 죄로 끊임없이 허기에 시달리는 벌을 받아 결국 자신의 살을 뜯어먹는 에리시크톤 등이 바로 그들이다. 이들은 모두 신의 명을 거역한 죄로 벌을 받는다.

그러나 오이디푸스는 다르다. 신들의 입장에서 보자면 그는 아무 죄도 짓지 않았다. 그는 신에게 죄를 지은 것이 아니라 인간 사회에 죄를 짓도록 이미 신탁을 받은 인물이다. 프로이트는 아마 그 점에 착안했을 것이다. 어머니를 사랑하고 아버지를 증오할 수밖에 없는, 현실적으로 불가능한 욕망을 지닌 채 살아갈 수밖에 없는 인간의 운명! 인간은 그 운명을 신으로부터 부여받은 것이다! 이것이 바로 프로이트 정신분석 이론의 근간이다.

프로이트가 왕성하게 학술 활동을 하던 시기는 파리와 오스트리아 등지에서 소포클레스의 「오이디푸스 왕」이 연극으로 공연되어 큰 인기를 끌던 때였다. 프로이트가 오이디푸스 신화를 몰랐을 리 없지만 그가 정신분석학 이론을 세우는 데 소포클레스의 희곡 「오이디푸스 왕」이 혹시 어떤 영향을 미친 것은 아니었을까?

여러분은 이미 호메로스의 『일리아스』와 『오디세이아』를 읽었다. 소포클레스(Sophocles, 기원전 496~기원전 406)의 작품들보다는 약 300년 전 작품들이다. 여러분은 두 작가의 작품들 사이에서 무슨 차이를 느꼈는가?

우선 가장 큰 차이가 있다. 호메로스의 작품들이 서사시임에 반해 소포클레스의 작품들은 희곡이다. 즉 연극을 전제로 해서 쓴 작품들이다. 소포클레스는 아이스킬로스(Aeschylos, 기원전 525?~기원전 456?), 에우리피데스(Euripides, 기원전 484?~기원전 406?)와 함께 그리스 3대 비극 작가로 꼽히는 희곡 작가다.

호메로스의 서사시든 그보다 뒤 시대의 연극이든 대중들을 상대로 하는 것은 같다. 그러나 둘 사이에는 결정적인 차이가 있다. 서사시는 작가가 홀로 대중들을 향해 이야기를 들려주는 데 반해, 연극은 배우들을 통해 이야기를 전달한다. 달리 말하면 서사시가 사건을 한 목소리로 사람들에게 전하는 데 반해, 연극은 여러 목소리로 들려준다.

그런데 그리스 비극은 우리가 오늘날 접하는 연극과는 많이 다르다. 요즘 연극에서는 배우가 여러 명 등장하지만 그리스 비극에서는 배우가 단 두 명이다(소포클레스는 이전까지 두 명이던 배우를 세 명으로 늘렸다). 그리스 비극에서 두 배우는 연기를 한다기보다 차라리 논쟁(agon)을 벌인다. 아테네 시민들은 관객이 되어 무대 위에서 두 배우가 벌이는 논쟁에 귀를 기울인다.

예컨대 '살인을 저지른 절친한 친구를 숨겨주는 것이 옳은가, 고발하는 것이 옳은가?' '국가의 이익이 우선인가, 인간적 관계가 우선인가?' 하는 문제 같은, 쉽게 판단할 수 없는 문제들을 놓고 두 배우가 논쟁을 벌이고, 관객들도 그 논쟁에 저도 모르게 참여한다. 관객들은 연극을 관람한다기보다는 함께 대화하고 토론하는 셈이다.

결국 인간적 한계에서 도저히 벗어날 수 없음에 절규하는 주인공의 모습이 관객들의 심금을 울리고 관객들은 도무지 누가 옳은지 판단할 수 없는 지경에 이른다. 그런 비극적인 주인공의 모습을 통해 관객은 인간의 삶, 인간의 운명, 인간의 판단에 대해 더 한층 깊은 지혜를 얻게 된다. 관객 스스로 배우가 되어 판단하고 고뇌하면서 스스로 삶의 지혜를 획득하게 만드는 것, 이것이 바로 그리스 비극이다.

그런 식으로 이 책을 다시 한 번 읽어보자. 작품 전체를 통해 쉽게 판단하기 어려운 질문들이 우리에게 제시되고 있음을 알 수 있다. '오이디푸스는 과연 죄인인가, 아닌가?' '자신을 버린 자식들을 도울 것인가, 말 것인가?' '나라의 법이 우선인가, 자연의 법칙이 우선인가?' 같은 질문들이다. 찬찬히 읽어보면 작품 속 주인공들이 어떤 발언을 할 때마다 독자인 우리가 스스로 판단할 수밖에 없는 문제들, 그러면서 쉽게 판단할 수 없는 문제들이 수없이 제기되고 있다.

그런 질문을 던지고 답을 구하는 것은 신이 아니라 인간이다. 그리스인들은 우주의 중심이 인간임을 믿었고 인간의 존엄성을 중시했다. 여러분도 잘 알다시피 고대 그리스 철학자 프로타고라스(Protagoras)는 "인간은 만물의 척도"라고 했는데, 이는 그 당시 그리스인들의 생각을 잘 대변해주는 말이다. 소포클레스 비극 속 주인공들은 알 수 없는 운명의 힘과 투쟁한다. 그리고 오이디푸스의 최후가 보여주듯이 온갖 고통을 겪은 뒤에 마침내 지혜를 얻고 초연하게 죽음을 맞이한다. 그리스 비극의 질문들은 그러한 지혜를 얻기 위한 방법이다.

그 질문들에 대한 정답은 없다. 소포클레스가 작품을 통해 말하고 있듯이 "지혜야말로 으뜸가는 행복이다! 언제나 신들을 굳게 믿고 공경하라! 교만한 자들이여! 그대들의 큰소리는 언제나 크나큰 천벌로 돌아올 뿐이다"라는 지극히 원칙적인 답만 이끌어낼 수 있을 뿐이다.

그렇다. 결론은 바로 인간의 지혜다. 그게 바로 그리스 헬레니즘 문명의 특징이다. 신을 공경하고 인간의 운명을 받아들이되, 신에 대해, 신이 내린 운명에 대해 고뇌하고 판단하는 것은 인간의 몫이다. 신을 거부하는 것이 아니라, 신을 받아들이면서 맹목적으로 순응하지 않는 것, 이것이 그리스 헬레니즘의 특성이며, 그리스 비극 속 질문의 본질이다.

우리는 질문을 피하는 세상에 살고 있다. 다들 질문이 귀찮아서, 고민이 귀찮아서 정답만 찾으려 한다. 그러나 아무리 훌륭한 정답이라도 스스로 질문을 해서 찾은 것이 아니라면 아무 소용이 없다. 새 날개가 아무리 훌륭하다 하더라도, 우리 어깨에 새 날개를 달고 하늘을 날 수는 없다. 스스로 날개가 돋아야만 날 수 있다. 그리스 비극이 우리에게 지금도 의미가 있는 것은, 그것이 우리에게 날개를 달아줄 수 있기 때문이 아니다. 스스로 날개를 돋게 하려는 소중한 노력을 우리에게 보여주고 있기 때문이다.

프로이트가 오이디푸스 이야기에서 보편적인 인간의 모습을 보려 한 것은 인간 삶이 그처럼 비극적이라는 데 동의해서가 아니었을까? 그러나 그 비극은, 비극적인 운명을 극복하려는 숭고한 의지와 함께한다는 점에서 우리를 절망으로 내몰지 않는다. 심지어 오이디푸스가 스스로 저지른 죄를 깨닫고 자신의 두 눈을 훼손해버리는 장면에서도 우리는 절망하지 않는다. 그는 육신의 눈은 훼손했지만 그 덕분에 마음의 눈, 심안(心眼)을

뜨게 되었기 때문이다.

오이디푸스의 최후를 보자. 죽기 전까지 그는 인간적으로 갈등한다. 그러나 죽음을 예견하자 오이디푸스는 성숙한 내면의 눈으로 자신과 세상을 성찰한다. 그리고 담담하게 자신의 죽음을 받아들인다. 그는 스스로 자신이 묻히도록 운명 지어진 곳을 찾아간다. 그리고 눈먼 그가 눈이 멀지 않은 사람들을 인도한다. 그리하여 아테네의 수호신으로 다시 태어난다. 두 눈이 멀었기에 진정으로 죽음 너머를 볼 수 있는 눈을 얻을 수 있었던 것이니, 그의 비극은 여기서 비극이기를 그치는 것이다.

소포클레스는 아테네 교외의 콜로노스에서 출생했다. 아버지가 부유한 무기 상인이었기에 최고의 교육을 받을 수 있었다. 그는 스승 아이스킬로스에게 비극을 배워 희곡 작가가 되었으며 음악에도 조예가 깊었다. 한편 그는 정치가, 행정가로서 탁월한 능력을 발휘하여 기원전 443·기원전 442년에 페리클레스와 더불어 델로스동맹의 10인으로 구성된 지휘관직에 선출되기도 했다(델로스동맹은 기원전 478년부터 기원전 404년까지 유지된 그리스 도시국가들의 동맹으로, 페르시아제국의 침공에 맞서기 위해 아테네 주도로 결성되었다). 또한 기원전 413·기원전 411년경 아테네 내정이 불안

했을 때는 국가최고위원 10인 중 한 사람으로 선출되어 나라를 안정시키기도 했다.

당시 그리스에는 비극 경연대회가 있었다. 그는 기원전 468년, 28세 때 열린 비극 경연대회에서 스승인 아이스킬로스를 꺾고 첫 우승을 차지한다. 이후 그는 123편의 작품을 썼고 20회 가까이 경연대회를 석권한다. 그는 평생을 아테네에서 살며 애국심과 인품으로 사람들의 존경을 받았다.

그가 쓴 수많은 작품들 중 현존하는 것은 연대순으로 『아이아스』 『안티고네』 『오이디푸스 왕』 『엘렉트라』 『트라키스의 여인』 『필로크테테스』 『콜로노스의 오이디푸스』 7편이다. 여기서는 그중 중기에 쓴 작품인 『안티고네』와 『오이디푸스 왕』, 노년에 쓴 『콜로노스의 오이디푸스』를 『오이디푸스 이야기』라는 제목 아래 한 권으로 묶어서 소개했다. 그리고 발표 순서와 상관없이 사건 순서에 따라 『오이디푸스 왕』 『콜로노스의 오이디푸스』 『안티고네』의 순으로 작품을 실었다.

여러분이 이미 알고 있겠지만, 원래 운문 희곡으로 된 소포클레스 작품을 이 책에서는 산문 형식으로 고쳐 썼음도 밝혀둔다. 이유는 간단하다. 여러분이 더 쉽고 재미있게 작품을 읽고 감상할 수 있게 하기 위해서다.

오이디푸스 이야기

생각하는 힘: 진형준 교수의 세계문학컬렉션 3

| 펴낸날 | 초판 1쇄 2017년 9월 1일 |
| | 초판 4쇄 2023년 3월 6일 |

지은이	소포클레스
옮긴이	진형준
펴낸이	심만수
펴낸곳	(주)살림출판사
출판등록	1989년 11월 1일 제9-210호

주소	경기도 파주시 광인사길 30
전화	031-955-1350 팩스 031-624-1356
홈페이지	http://www.sallimbooks.com
이메일	book@sallimbooks.com

| ISBN | 978-89-522-3727-9 04800 |
| | 978-89-522-3718-7 04800 (세트) |